FUSSBALLSTAR
WM-FIEBER

© privat

Als Fabian Lenk (geboren 1963) selbst noch ein Kind war, wollte er Archäologe werden. Auch Musiker oder Schriftsteller waren mögliche Ziele. »Alles brotlose Kunst!«, lautete vielfach das Urteil. Also studierte Fabian Lenk Diplom-Journalistik und war 25 Jahre als Reporter (Sport, Politik) tätig. Parallel schrieb der glühende Fußballfan Bücher – zuerst Krimis für Erwachsene, später vor allem für Kinder und Jugendliche. Rund 200 Titel sind bisher erschienen, die in viele Sprachen übersetzt wurden. Musik macht Fabian Lenk übrigens auch. Seine eigenen Songs findet ihr auf YouTube unter FabiBeat. Fabian Lenk wohnt mit seiner Familie in der Nähe von Bremen.

FABIAN LENK

FUSSBALLSTAR

WM-FIEBER

CARLSEN

MIX
Papier aus verantwortungsvollen Quellen
FSC® C083411
www.fsc.org

Originalausgabe
Veröffentlicht im Carlsen Verlag
April 2018

Umschlagfoto: shutterstock.com © ostill
Umschlaggestaltung: formlabor
Bilder im Innenteil: shutterstock.com © Eugene Onischenko / Oleksii Sidorov / ostill
Corporate Design Taschenbuch: bell étage
Lektorat: Dennis Wohlfeil
Satz: Gunta Lauck
ISBN 978-3-551-31693-6

SPIELREGEL

Bist du bereit für deine erste WM als Fußballprofi? Starte jetzt auf der rechten Seite mit der Geschichte. Überlege am Ende des Kapitels, welchen Weg du gehen möchtest, und lies an der angegebenen Stelle weiter!

Du musst dich erst mal hinsetzen. Das ist ja wohl der Hammer!

Der Bundestrainer hat angerufen! Er hat dir zu deiner grandiosen ersten Saison in der Bundesliga gratuliert – und nicht nur das: Er hat dich in sein Team eingeladen, in die Nationalmannschaft. In das Team, das 2014 Weltmeister wurde. Das Team, das Brasilien im Halbfinale 7:1 vom Platz fegte und das Finale gegen Argentinien mit 1:0 gewann.

Und jetzt gehörst du, der in den Medien schon als der neue Messi gefeiert wird, dazu und darfst vermutlich sogar mit nach Russland zur Weltmeisterschaft. Nicht zu fassen!

Nach deiner ersten mega-erfolgreichen Bundesligasaison, in der du mit dem ruhmreichen FC Meister geworden bist, ist das der nächste ganz große Moment in deiner Karriere als Fußballer. Mit leuchtenden Augen legst du das Telefon auf den Tisch, an dem du gerade mit deinen Eltern sitzt.

»Und?«, fragt dein Vater neugierig.

»Ich … ich bin dabei«, stammelst du. »Ich bin in der Nationalmannschaft …«

Deine Mutter, die dir vorhin deine Lieblingsspeise – ein riesengroßes Schnitzel, das rechts und links mindestens fünf Zentimeter über den Teller ragt – aufgetischt hat, strahlt: »Das ist doch super, Tom!«

Dein Dad klopft dir auf die Schulter. »Gratuliere. Aber jetzt müssen wir einen kühlen Kopf bewahren und genau überlegen, wie wir vorgehen.«

Wir?, denkst du verdattert. Wieso wir?

Aber so war er schon immer, dein Dad. Er will nur das Beste für dich und behandelt dich manchmal wie den Schüler aus einer

E-Mannschaft. Er meint das nicht böse. Und manchmal war es auch gut, dass du auf seinen Rat gehört hast. Schließlich kennt sich dein Vater im Fußball aus. Einst hat er selbst von einer großen Karriere geträumt, doch Verletzungen hatten ihn immer wieder zurückgeworfen.

Du stehst auf.

»Wohin willst du?«, fragt dein Vater.

»In mein Zimmer, ich muss jetzt einen Moment allein sein«, erwiderst du. »Nachher können wir reden.«

»Wie du meinst«, sagt dein Vater nur.

Aber das hörst du gar nicht mehr. Wie hypnotisiert steigst du die Treppe zu deinem Zimmer hinauf.

Dort hängen noch immer die Poster deiner Fußball-Idole. Einige der darauf abgebildeten Helden sind ebenfalls Nationalspieler: Mats Hummels, Manuel Neuer, Thomas Müller, Toni Kroos, Jérôme Boateng oder Mario Götze, der 2014 das alles entscheidende 1:0 im Finale gegen Argentinien schoss.

Du schließt die Augen und siehst, wie sich André Schürrle in der 113. Minute auf der linken Seite durchtankt und präzise nach innen flankt. Götze steigt hoch, nimmt den Ball mit der Brust an und nagelt ihn per Drehschuss an Keeper Sergio Romero vorbei ins Netz.

Ein Supertor …

Du hockst dich auf die Kante deines Bettes.

O Mann, und jetzt bist du auch dabei! Ein unglaubliches Glücksgefühl durchströmt dich. Natürlich hast du die Eckdaten der WM im Kopf. Am 14. Juni ist das Eröffnungsspiel mit Gastgeber Russland, am 15. Juli steigt das große Finale.

Wird Deutschland wieder triumphieren? Ja, das wäre fantastisch! Und du, du schießt das Siegtor, wie damals Mario Götze!

Aber halt, stopp! Nicht so voreilig!

Denn plötzlich fällt dir ein, dass du nur im *vorläufigen* Kader stehst, der aus 27 Spielern besteht und ein zehntägiges Trainingslager absolvieren wird. Das hat dir der Bundestrainer vorhin klargemacht.

»Vier Spieler werde ich leider streichen müssen«, sagte er am Telefon. »Denn ich darf ja nur 23 Mann für das Turnier nominieren …«

Stimmt, einige wenige Spieler werden wieder nach Hause fahren und die WM am Fernseher anschauen, denkst du. Gar nicht cool …

Du stehst auf und tigerst durch den kleinen Raum. Das Trainingslager wird nicht einfach für dich, denn vermutlich wird es den einen oder anderen Nachwuchsspieler treffen, für den die Zeit noch nicht reif ist, wie es dann so schön heißt. Einen Jungprofi wie dich, gerade mal 18 Jahre alt … Schließlich wird der Trainer nicht vier etablierte Stars, die das Gerüst der Mannschaft bilden und aufeinander eingespielt sind, aus dem Team nehmen.

Okay, du wirst dich also bei diesem zehntägigen Trainingslager durchsetzen müssen. Die Konkurrenz wird dir nicht kampflos das Feld überlassen, das ist sonnenklar.

Vor allem dieser Maxi Heidenreich nicht. Der Trainer erwähnte bei eurem Telefonat nämlich auch noch, dass er diesen Typ ebenfalls nominiert hat.

Du ballst die Fäuste. Ausgerechnet Heidenreich vom VfL!

Maxi ist in deinem Alter, trägt in seinem Verein die Nummer 10 und ist ebenfalls ein großes Talent. Einst habt ihr euch bei einem Jugendturnier kennengelernt. Freunde seid ihr aber nie geworden, ganz im Gegenteil: Ihr könnt euch nicht leiden. Du hältst den Typ für arrogant und ziemlich link. Aber du musst zugeben: Kicken kann er, der Maxi. Und jetzt ist er ebenfalls im vorläufigen Kader, so ein Mist!

Ein Lächeln huscht über dein Gesicht, als dir einfällt, wie du ihm nach eurem Titel mit dem FC eine SMS geschickt und ihm zum Gewinn der *Vize*-Meisterschaft gratuliert hast. Ganz schön fies von dir, aber Maxi braucht das ab und zu ...

Es klopft an der Tür und schon steht dein Vater in deinem Zimmer. Anklopfen und quasi im selben Moment reinpoltern – so hat er es schon immer gemacht.

»Alles klar mit dir?«, fragt er.

»Sicher«, erwiderst du. »Was denn sonst bei solchen großartigen Neuigkeiten?«

Nun ist es dein Dad, der sich auf dein Bett setzt.

»Sicher, ich verstehe deine gute Laune, Tom«, sagt er. »Aber freu dich nicht zu früh.«

»Ich weiß, jetzt kommt erst mal das Trainingslager.«

Dein Vater nickt. »Ganz genau. Es kommt darauf an, dass du dich da durchsetzt.«

»Logo.«

»Stell dir nur mal vor, der Trainer schickt dich wieder nach Hause.«

»Das stelle ich mir lieber nicht vor«, antwortest du.

Dein Dad seufzt. »Du weißt, was ich damit sagen will: Du musst im Trainingslager Vollgas geben!«

Jetzt seufzt du. »Das ist doch wohl klar.«

»Das hoffe ich, Tom«, sagt dein Vater. »Das ist eine einmalige Chance, vergiss das nicht. Und diejenigen, die wieder nach Hause müssen, haben eine Art Stempel auf der Stirn: Leider nicht für gut genug befunden. Wer weiß schon, ob die in Zukunft überhaupt noch mal eingeladen werden. Und wenn sie tatsächlich eine zweite Chance bekommen, sind sie vielleicht verletzt ... Also: Nutz deine Chance. Setz dich durch, mit allen Mitteln.«

Da wirst du sehr nachdenklich. Mit allen Mitteln ... Wie meint dein Vater das? Sollst du deine Mitspieler so foulen, dass sie nicht mit zur Weltmeisterschaft können? Sollst du Maxi Heidenreich ins Krankenhaus treten, damit er dir nicht den Platz im Team streitig machen kann?

Nein, das ist eigentlich nicht deine Art, auch wenn du diesen Typ nicht leiden kannst.

»Ich mach das schon, verlass dich auf mich«, sagst du zu deinem Vater.

»Okay«, erwidert er. »Aber mal etwas ganz anderes: Du bist jetzt Nationalspieler und dein Marktwert ist deutlich gestiegen. Das kannst du doch ausnutzen.«

Du überlegst ...

Wenn du bei deinem Verein mehr Geld für dich herausschlagen willst, lies weiter auf Seite 52

Wenn du erst einmal abwartest, wie sich deine Karriere in der Nationalmannschaft entwickelt, lies weiter auf Seite 28

»Unser Coach weiß, was er tut«, antwortest du. »Ich spiele dort, wo der Trainer mich hinstellt. So einfach ist das.«

Damit gibt sich der Reporter zufrieden und lässt dich in Ruhe. Ein Glück.

Du bist dir sicher, dass du dich ganz gut aus der Affäre gezogen hast.

Irrtum.

Der Coach ist nämlich trotzdem sauer auf dich, weil du einen Tag vor dem Spiel Details über die voraussichtliche Mannschaftsaufstellung verraten hast. Das interessiert euren nächsten Gegner natürlich sehr.

»Mensch, Tom«, raunzt der Trainer dich an. »Wieso posaunst du denn heraus, wie wir spielen werden? Das geht *gar* nicht!«

Das siehst du ein und entschuldigst dich. Das war wirklich ziemlich unbedacht vor dir.

Zu deinem Glück belässt es der Coach bei diesem Rüffel. Offenbar genießt du Welpenschutz. Er erteilt dir aber Interviewverbot: »Wenn ein Reporter dich etwas fragst, dann schweigst du. Ist das klar?«

»Sonnenklar«, sagst du schnell.

Lies weiter auf Seite 94

Was ist denn das für eine arrogante Aktion von dir? Bist du noch ganz dicht?

Du chippst die Kugel mittig auf die Kiste, doch der Keeper bleibt einfach stehen und kann deinen Elfer locker parieren.

Du hast den Ball so lasch geschossen, dass der Torwart ihn noch nicht mal wegfausten muss. Er fängt ihn ganz locker.

O Mann, wie peinlich für dich!

Mit gesenktem Kopf gehst du zu deinen Mitspielern zurück. Ihre Mienen sind versteinert. In manchen Augen liest du den stummen Vorwurf: Wie konntest du nur?

Du versuchst dich mit dem Gedanken zu trösten, dass ihr ja noch nicht raus seid aus dem Turnier.

Doch als die Italiener den siebten Elfer verwandeln und euer Schütze sehr unglücklich an der Unterkante der Latte scheitert, ist Deutschland tatsächlich raus aus dem Turnier und darf um Platz 3 kicken.

Was für eine Schmach! Und einer der Schuldigen bist du, weil du deinen Elfer so lässig und überheblich geschossen hast. Du bekommst jede Menge zu hören – natürlich auch vom Trainer.

Im Spiel um Platz 3 schmorst du 90 Minuten auf der Bank.

ENDE

Ha, genial! Du kickst die Kugel zu deinem Kollegen und der Verteidiger schaut dumm aus der Wäsche. Du ziehst an ihm vorbei und bekommst den Ball zurück. Was für ein Sahne-Doppelpass!

Von der linken Seite des Strafraums marschierst du aufs Tor zu. Jetzt hast du nur noch den Keeper vor dir, der aus seinem Kasten herauskommt und sich ganz breit macht.

Das ist deine Chance auf dein erstes Tor in der Nationalmannschaft!

Wenn du es mit einem Schlenzer ins lange Eck versuchst, lies weiter auf Seite 60

Wenn du den Ball hart und platziert aufs kurze Eck knallst, lies weiter auf Seite 22

Neben dir befindet sich noch Yannick zur Absicherung außerhalb des gegnerischen Strafraums.

Jetzt fliegt der Ball von der Eckfahne heran. Ein Abwehrspieler schraubt sich in die Höhe und köpft die Kugel aus der Gefahrenzone – das glaubt er jedenfalls. Denn der Ball kommt genau zu dir. Du nimmst zwei Schritte Anlauf und willst ihn aufs Tor hämmern. Doch in dieser Sekunde fliegen zwei Verteidiger heran. Du reagierst blitzschnell und änderst den Plan: Du täuschst den Schuss nur an und legst den Ball stattdessen quer zu Yannick. Dein Kumpel reagiert ebenso schnell und zimmert die Kugel auf den Kasten. Sie wird zweimal abgefälscht und landet im Tor! Das ist das erlösende 1:0!

Yannick ist total von den Socken. Er hat ein Tor geschossen. Er, der junge Abwehrspieler!

Natürlich wird er von allen Seiten beglückwünscht. Aber auch du erhältst jede Menge Lob, denn du hast schließlich die Vorlage gegeben.

Kurz danach ist Schluss, Deutschland hat gewonnen, ihr steht im Achtelfinale!

Lies weiter auf Seite 44

Die Hütte ist rappelvoll, Tausende schwenken die deutschen Fahnen. Aber auch euer Gegner hat jede Menge Fans mitgebracht, die euren in nichts nachstehen. Die Stimmung ist prächtig, Chöre schallen durchs weite Rund.

Als du erwartungsgemäß auf der Ersatzbank Platz nimmt, spürst du, wie eine Gänsehaut deine Arme überzieht.

Neben dir sitzt Yannick, ein Stück entfernt Maxi Heidenreich. Seine Miene ist versteinert. Er wirkt irgendwie beleidigt. Hat der Typ etwa im Ernst damit gerechnet, dass er von Anfang an spielen darf?, fragst du dich. Wie eingebildet ist der denn!

Der Schiri pfeift das Spiel unter dem Jubel der Zehntausenden an. Rasch übernimmt das deutsche Team die Kontrolle. Der Ball läuft sicher durch die eigenen Reihen. Die Mannschaft wirkt konzentriert und ruhig.

»Bald hauen wir denen einen rein«, glaubt Yannick.

Du jedoch vermutest eher, dass es ein typisches Geduldsspiel wird. Die Gegner stehen gut und spielen wesentlich offensiver, als ihr – und vor allem euer Trainer – gedacht habt.

Die 29. Minute, immer noch nur 0:0. Jetzt hat dein FC-Mannschaftskollege Schmidt den Ball. Aber was macht der denn?! Er vertändelt ihn auf Höhe der Mittellinie! Prompt startet der Gegner einen Konter. Alles geht blitzschnell. Über zwei Stationen gelangt die Kugel in euren Strafraum, ein gegnerischer Stürmer ist frei – euer Keeper kommt raus und macht sich breit, ganz breit. Doch es nützt nichts ... zu eurem Entsetzen wird euer Welttorhüter getunnelt! Der Ball trudelt zum 1:0 für eure Gegner ins Netz!

Das darf doch nicht wahr sein! Alle auf der Bank sind fassungs-

los. Die gegnerischen Fans toben und brüllen, während euer Anhang sich ebenfalls in einer Art Schockstarre befindet.

Euer Trainer macht jedoch genau das Gegenteil: Er ist aufgesprungen und feuert sein Team an.

Recht hat er, denkst du, es ist ja noch lange nichts verloren. Ihr habt noch gut eine Stunde Zeit, die Pleite abzuwenden.

Wütende Angriffe des deutschen Teams folgen. Doch euer Gegner hält dagegen und startet immer wieder gefährliche Konter. Zur Pause steht es immer noch 1:0 für den Außenseiter. Und das ist gar nicht mal unverdient.

In der Kabine redet der Trainer auf euch ein, gibt Tipps, macht euch heiß. Doch eigentlich müsste er taktisch umstellen, mehr über die Flügel angreifen lassen, findest du. Der Gegner hat euch offenbar im Vorfeld genau studiert, jetzt müsste man ihn mit einer neuen Taktik überraschen. Doch daran denkt der Trainer offenbar nicht. »Wir müssen unser Spiel durchziehen!«, stellt er klar.

Voll motiviert kehrt ihr auf den Platz zurück. Du sitzt jedoch nach wie vor auf der Ersatzbank – was auch für Yannick und Maxi gilt.

Eure Mannschaft rennt an und wird von den Fans nach vorn gepeitscht. Doch besonders einfallsreich ist das alles nach wie vor nicht. Wieder und wieder geht es durch die Mitte. In der 55. Minute scheint es dem Trainer zu reichen. Er schickt Maxi und dich zum Warmmachen.

Wow, wird es etwa schon heute deinen ersten Einsatz im Nationaldress geben? Das wäre irre! Oder wechselt der Trainer lieber Maxi ein? Bloß nicht!

In der 58. Minute folgt der nächste Nackenschlag. Nach einem ziemlichen Bock in eurer Abwehr zappelt der Ball schon wieder im Netz. Es steht 2:0 für den Außenseiter, was für eine Katastrophe! Die drei Punkte waren fest eingeplant. Die Stimmung unter euren Fans kippt – erste Pfiffe werden laut.

Jetzt muss der Trainer reagieren, wenn schon nicht taktisch, dann wenigstens personell. Doch er zögert.

»Tom«, sagt er schließlich. »Du ziehst das Spiel an dich. Du musst es öffnen, die entscheidenden Pässe spielen. Du kannst das, das weiß ich.«

Stolz und Aufregung erfassen dich. Du nickst. Du bist bereit.

Doch erst in der 81. Minute betrittst du den Platz. Du, nicht Maxi.

Eine Minute später hast du den Ball. Euer Außenstürmer ist gestartet. Du peilst ihn an und schickst die Kugel auf den Flügel. Doch die Flanke wird abgefangen.

Mist!

Du gehst dazwischen, eroberst den Ball zurück. Jetzt spielst du erst mal einen Sicherheitspass über fünf Meter zu Schmidt. Der weiß mit der Kugel jedoch herzlich wenig anzufangen und schiebt sie zu dir zurück.

Öffnen, du sollst das Spiel öffnen ... Doch du hast so wenig Zeit. Hätte dich der Trainer doch früher eingewechselt!

Du versuchst einen Steilpass in den Sechzehner, doch auch der misslingt. Wieder Pfiffe, diesmal gegen dich.

Murks, Murks, Murks! Was ist denn nur los?

Du wirst unsicher, verkrampfst. Dir gelingen allenfalls ein paar Kurzpässe, aber sonst nichts. Du bist einfach mies drauf und kriegst überhaupt nichts auf die Reihe. Langsam wirst du wütend, vor allem auf dich selbst. Jetzt hast du zum ersten Mal die Chance, allen zu beweisen, was in dir steckt, und was machst du? Du lieferst einen Grottenkick ab! Okay, die anderen sind auch nicht besser, aber die haben immerhin früher schon mal bewiesen, dass sie es besser können.

Ab der 88. Minute wird das Pfeifkonzert immer lauter.

Als dir dann auch noch ein leichter Ball verspringt und ins Seitenaus kullert, pfeifen die Fans nicht nur – sie lachen dich aus, sie verhöhnen dich.

Da wirst du noch wütender. Die sollen es doch erst mal besser machen!

Wenn du dem Publikum den Stinkefinger zeigst, lies weiter auf Seite 23

Wenn du die Pfiffe ignorierst, lies weiter auf Seite 51

Bla, bla, bla, denkst du dir nur und lächelst Maxi unverwandt an. Der Klügere gibt schließlich nach und hört sich auch schon mal irgendwelchen Unsinn an. Zum Beispiel das Gelaber von einem Maximilian Heidenreich.

»Hör auf mit dem dämlichen Grinsen!«, faucht er.

Und du? Du bleibst freundlich und lächelst weiter. Natürlich bekommen auch die anderen Spieler und vor allem der Bundestrainer diese Szene mit.

Maxi führt sich auf wie ein trotziges Kind und legt immer wieder nach.

»Es reicht«, ruft der Trainer schließlich. »Schluss mit dem Gejammer. Es gibt ja einen Freistoß für dich.«

Du bist ausgesprochen zufrieden. Offenbar ist dem Bundestrainer das Gelaber von Maxi auch auf die Nerven gegangen. Sehr gut! Hoffentlich streicht der Trainer ihn aus dem Team!

Lies weiter auf Seite 73

Bäng! Was für ein Pfund! Mit voller Wucht hast du den Ball getroffen und er schießt wie eine Kanonenkugel aufs kurze Eck.

Doch der Keeper hat offenbar einen guten Tag erwischt. Er macht eine Art Spagat und spitzelt dein Geschoss mit dem linken Fuß am Pfosten vorbei.

So ein Murks! Hättest du es doch mit dem Schlenzer probiert!

Lies weiter auf Seite 79

Die Fans reagieren sehr aggressiv, als sie deine beleidigende Geste sehen. Einige klettern an den Zäunen hoch und schütteln die Fäuste. Aber du winkst nur ab und beteiligst dich weiter an dem miserablen Gekicke deiner Mannschaft.

Dann pfeift der Schiri ab. Eure Gegner jubeln, während ihr mit hängenden Schultern vom Platz trabt.

Der Trainer faltet euch in der Kabine zusammen. Vor allem einen Spieler hat er auf dem Kieker. Dieser Spieler bist du.

»Was bildest du dir eigentlich ein?«, sagt er mit mühsam unterdrückter Wut. »Auch wenn das Publikum dich beleidigt, darfst du dich nicht zu einer solchen Geste hinreißen lassen. Wir haben eine Vorbildfunktion, schon vergessen?«

»Tut mir leid, Trainer«, murmelst du.

»Mir tut auch etwas leid, Tom«, erwidert der Trainer hart. »Ich muss dir nämlich mitteilen, dass du nach Hause fahren kannst.«

Für dich bricht eine Welt zusammen. Du bettelst und flehst, aber der Trainer ist für seine konsequente Linie bekannt.

Mit dem nächsten Flieger musst du in die Heimat düsen.

Vorbei ist der Traum vom Nationalspieler – zumindest für diese Weltmeisterschaft in Russland.

ENDE

Es ist nur ein winziger Trikotzupfer, aber deine kleine unfaire Aktion zeigt Wirkung: Dein Gegenspieler kommt aus dem Tritt und geht zu Boden. Du hast den Konter unterbunden – so weit, so gut.

Blöderweise ertönt prompt ein Pfiff. Dem Schiri ist deine Attacke nicht entgangen. Schon kommt er auf dich zu – und zwar mit todernstem Gesicht.

Der gefoulte Gegenspieler veranstaltet ein Mordstheater und fordert vehement, dass der Schiri dich vom Platz stellt.

Dir geht die Düse. Lässt sich der Schiri von dem lächerlichen Theater beeinflussen? Ist das Spiel für dich vorzeitig zu Ende?

Andererseits weißt du: Ein taktisches Foul wird fast immer mit einer gelben Karte bestraft, du könntest dich also nicht beschweren, wenn du tatsächlich Gelb-Rot siehst.

Der Schiri baut sich vor dir auf und schickt die anderen Spieler, die sich um dich versammelt haben, weg. Er schaut dich direkt an und macht dir klar, dass du beim nächsten auch noch so kleinen Foul vom Platz fliegst.

Aber das Wichtigste: Er lässt die Karte diesmal stecken! Du nickst brav und versprichst, ein ganz Lieber zu sein.

Noch mal Glück gehabt!

Lies weiter auf Seite 38

Nein, keine Experimente, keine Arroganz. Geh kein unnötiges Risiko ein! Versuch nicht, den Keeper lächerlich zu machen.

Du atmest noch mal kurz durch. Kurzer Anlauf, rascher Blick zum Torwart, der dir einen großen Gefallen tut: Er bewegt sich zu früh, orientiert sich nach links.

Sehr freundlich! Du jagst die Kugel in den rechten Winkel!

Tor, Tor, Toooooooooooor!

Ihr steht im Finale, dank dir!

Eure Fans feiern dich, und deine Mitspieler sowie der Trainer versuchen dir um den Hals zu fallen.

Du ergreifst die Flucht, willst einen Moment allein sein mit deinem Glück – und deiner Erleichterung, dass du diesen wichtigen Elfer reingemacht hast!

Dann holen dich die Kollegen ein und begraben dich jubelnd unter sich.

Lies weiter auf Seite 29

Auch wenn es dir schwerfällt: Du machst das, was der Trainer von dir erwartet. Du überquerst kaum die Mittellinie, du grätschst und foulst, um die Angriffe der Gegner zu unterbinden. Wenn du einen Pass spielst, dann einen kurzen, damit der Gegner auch ja nicht dazwischenfunken kann.

Auch Maxi bleibt völlig defensiv. Es wird eine reine Abwehrschlacht. Ihr spielt nicht schön, aber erfolgreich und schaukelt das Ergebnis mit viel Glück nach Hause.

»Hauptsache, gewonnen«, lautet das Fazit des zufriedenen Trainers. Er lobt dich und Maxi für eure Defensivarbeitet.

Aber so richtig glücklich bist du nicht. Du bist eine absolut graue Maus auf dem Platz gewesen. In den großen Fachzeitungen und im Internet bekommst du überall nur die Note 4 oder 4,5.

Na ja, es kann ja noch besser werden.

Aber gibt der Trainer einer grauen Maus wie dir überhaupt noch eine weitere Chance?

Lies weiter auf Seite 62

Nachdem du eine Zeit lang vor dich hin gegrübelt hast, hast du dich dagegen entschieden, bei deinem Verein mehr Geld zu verlangen.

Denn du hast noch nichts in der Hand. Du bist schließlich nur im vorläufigen Kader und der Bundestrainer wird erst nach dem Trainingslager entscheiden, wer zur Weltmeisterschaft nach Russland fahren darf und wer nicht.

Du willst Vollgas geben und dabei sein. Das nimmst du dir fest vor.

Und dann – aber wirklich erst dann – wirst du dich um einen besseren Vertrag kümmern. Denn dann bist du tatsächlich Nationalspieler und keiner der vier Spieler, die nach Hause geschickt wurden.

Keine Frage, deine Verhandlungsbasis bei Vertragsfragen wird viel besser sein, wenn du den Bundestrainer im Trainingslager überzeugt hast.

Lies weiter auf Seite 116

Du stehst am Fenster deines Hotelzimmers. Allein. Schaust hinaus in den parkähnlichen Garten.

Das Finale. Noch wenige Stunden bis zum Anpfiff. Am liebsten würdest du dich kurz kneifen, um dich zu vergewissern, dass es kein Traum ist. Ihr seid im Endspiel der Fußballweltmeisterschaft und du gehörst zum Team ...

Vor einem Jahr warst du noch nicht mal in der Bundesliga. Dann kam der Sommer und mit ihm die Anfrage des berühmten FC. Danach ging alles ganz schnell – wie im Zeitraffer. Du hast eine fantastische Saison beim FC gespielt und der Bundestrainer hat dich in seinen Kader berufen. Zunächst warst du nur Ergänzungsspieler, nur einer der Bankdrücker. Doch im Verlauf des Turniers bist du offenbar immer wichtiger für die Mannschaft geworden und nun folgt die Krönung: Du stehst in der Startelf, wie du heute Morgen während der Mannschaftssitzung erfahren hast. Du kannst es immer noch nicht fassen.

Yannick und Maxi werden erst mal nur Ersatz sein. Dein Kumpel Yannick hat das wie üblich locker genommen. Er ist eben ein echter Teamplayer. Und Maxi? Du hast damit gerechnet, dass er wieder beleidigt ist. Doch da hast du dich geirrt. Maxi blieb ebenfalls ziemlich entspannt und hat dir sogar kurz anerkennend zugenickt. Was ist denn in den gefahren?, hattest du dich gefragt. Aber vielleicht hat er erkannt, dass man nur als Team etwas erreichen kann. Elf Freunde müsst ihr sein. Ein alter Spruch, aber immer noch richtig.

»He, Tom, sollen wir ohne dich Weltmeister werden?«, erklingt Yannicks Stimme hinter dir. Er lacht. »Der Bus fährt gleich ab!«

Rund eine Milliarde Menschen verfolgen das Endspiel an den TV-Geräten oder im Livestream. Das Stadion platzt aus allen Nähten. Große Leinwände für das Public Viewing sind auf der ganzen Welt aufgebaut worden. Volksfeststimmung pur. Die Kamera streift während der Nationalhymne über eure Gesichter und du ahnst, dass auch du jetzt überall zu sehen sein wirst. Ein irres Gefühl!

Dann geht es endlich los.

Euer Gegner ist Geheimfavorit Belgien. Bei der letzten EM konnten sie diesem Status noch nicht gerecht werden, aber jetzt, zwei Jahre später, hat die Mannschaft gezeigt, was in ihr steckt.

Euer Trainer hat sich für eine 4-4-2-Aufstellung entschieden. Ihr sollt kompakt stehen, aber auch attackieren.

»Die Belgier brauchten keine Verlängerung, um sich fürs Finale zu qualifizieren, die werden womöglich frischer sein als wir«, sagte er in der Kabine. »Also werden wir versuchen, die Partie in der regulären Spielzeit zu entscheiden. Unsere Marschroute lautet: kontrollierte Offensive und bedingungsloser Kampf. Auf geht's, Männer!«

Der Trainer der Belgier setzt auf ein 3-4-3. Vor allem vor deren Angriffsspielern habt ihr Respekt: zwei pfeilschnelle, trickreiche Außenstürmer und ein bulliger, großer Typ in der Mitte, der nur schwer vom Ball zu trennen ist.

Eure Abwehr bekommt auch gleich eine Menge zu tun, weil euer Gegner auf eine Überfalltaktik setzt. Von der ersten Minute an rennen sie auf euren Kasten zu. Ihr habt mit einem vorsichtigen Abtasten gerechnet, doch das könnt ihr vergessen.

Zunächst hechelst du immer hinterher. Bist du mal in der Nähe des Balles, ist er auch schon wieder weg. Was ist denn hier los?

Ihr droht überrannt zu werden. In den ersten zehn Minuten lautet das Torschussverhältnis 4:0 für die Belgier.

Mit einer Glanzparade verhindert euer Welttorhüter einen frühen Rückstand.

Euer Kapitän brüllt über den Platz: »Nehmt das Tempo raus!«

Jetzt hast du den Ball und spielst erst mal einen Rückpass. Langsam, fast schon behäbig baut ihr auf. Die Belgier versuchen früh zu pressen, kommen aber nicht an den Ball. Das kostet sie Kraft. Gut für euch!

Nach etwa zwanzig Minuten ist es ein Spiel auf Augenhöhe. Auch ihr hattet die erste Chance, die aber verpuffte.

Je ausgeglichener das Spiel wird, umso nickliger wird es auch. Die Gegner setzen offenbar auf kleine miese Fouls, um euch aus dem Rhythmus und vielleicht auch aus der Fassung zu bringen.

Nach einer rüden Attacke von hinten, bei der du von Glück reden kannst, dass deine Knochen heil bleiben, brennen dir die Sicherungen durch und du deutest einen Schlag gegen den Treter an. Der Schiri hat's gesehen und zeigt erst deinem Gegenspieler, dann aber auch dir völlig zu Recht die Gelbe Karte. Das ist in der 27. Minute, ein bisschen früh für eine Verwarnung. Wundern sollte es dich eigentlich nicht, denn dieser Schiedsrichter ist bekannt für sein konsequentes Durchgreifen. Hm, das könntest du vielleicht ausnutzen, oder?

Kurz vor der Pause setzt ein Belgier zu einer harten Grätsche gegen einen deiner Mitspieler an. Der springt über das ausgefahrene Bein, lässt sich dann aber theatralisch fallen und wälzt sich am Boden, obwohl ihn der Gegner gar nicht berührt hat. Rudelbildung! Und wer ist mittendrin? Du bist es.

Wenn du beim Schiri eine Rote Karte für den Gegner forderst,
lies weiter auf Seite 59

Wenn du stattdessen lieber die eigenen Mitspieler beruhigst,
lies weiter auf Seite 107

Aber es kommt noch schlimmer. Unmittelbar vor dem Pausenpfiff gelingt euren Gegnern das 1:0. Einen kurzen Moment hat eure Abwehr gepennt. Es war der erste Patzer eurer Verteidigung in diesem Spiel. Aber auf diesem Niveau ist jeder Fehler einer zu viel und wird von einer spielstarken Mannschaft wie den Belgiern gnadenlos ausgenutzt.

In der zweiten Halbzeit werft ihr alles nach vorn, ihr geht volles Risiko, wollt den Ausgleich und erzeugt einen irrsinnigen Druck.

Du machst ein großartiges Spiel und wirst immer selbstbewusster. Deine Pässe kommen millimetergenau an, doch zunächst hält der Gegner euch stand.

Dann aber kommt die 61. Minute. Euer linker Flügelflitzer wird an der Strafraumkante gelegt.

Euer Spielmacher dreht den fälligen Freistoß aus 23 Metern exakt in den Winkel – ein toller Treffer Marke »Tor des Monats«! Super!

So, jetzt beginnt das Spiel quasi von Neuem, jetzt muss auch der Gegner mehr für die Offensive tun, wenn er nicht auf Verlängerung und Elfmeterschießen hofft. Und wenn die Belgier offensiver werden, habt ihr vielleicht mehr Platz für eigene Angriffe!

Doch es bleibt ein zähes Ringen. Es wird ein absolut ausgeglichenes Spiel. Der Trainer bringt mit Maxi und Yannick zwei neue Kräfte, doch auch das nützt nichts.

Die Zeit läuft runter und es folgt die 89. Minute. Die Ersten aus deinem Team haben schon Wadenkrämpfe. Auch du läufst bereits auf der Felge. Die Belgier wirken hingegen noch vergleichsweise frisch.

Dir fallen die Worte des Trainers ein: Bloß keine Verlängerung, denn da wärt ihr vermutlich im Nachteil.

Also reißt du dich noch einmal zusammen und mobilisierst deine letzten Kräfte: Du setzt zu einem irren Solo an. Einen Gegner nach dem anderen lässt du stehen. Was heißt hier Spieler? Für dich sind das bloß Slalomstangen!

Du hörst den Beifall von den Rängen, er trägt dich nach vorn, lässt dich Unglaubliches wagen. Ein Tunnel, ein Übersteiger – all das gelingt dir mit spielerischer Leichtigkeit. Die Gegner versuchen dich zu foulen, aber du entgehst den Attacken. Der Ball scheint an deinem Fuß zu kleben, niemand kann dich von ihm trennen. Ihr seid eins, der Ball und du, unzertrennlich auf dem Weg zum Tor, zur möglichen Entscheidung eine Minute vor Schluss!

Du hast den Kopf oben, um die Übersicht zu behalten – und jetzt, jetzt hast du nur noch den Torwart vor dir.

Etwa zehn Meter links von dir ist euer Mittelstürmer mitgelaufen und winkt: »Her mit dem Ball!«

Wenn du selbst den Abschluss versuchst, lies weiter auf Seite 72

Wenn du den Ball zum Stürmer abspielst, lies weiter auf Seite 122

Jetzt geht's los! Endlich steigt das Viertelfinale. Ganz Deutschland ist im Fußballfieber. Überall wurden riesige Leinwände aufgestellt, damit die Fans beim Public Viewing voll auf ihre Kosten kommen. In den Kneipen und Biergärten drängen sich die Massen.

Auch hier im Stadion in Russland ist die Vorfreude gigantisch.

Als du beim Händeschütteln vor dem Anpfiff an den gegnerischen Spielern vorbeiläufst, spürst du einen gewissen Respekt, teils sogar eine gewisse Demut in dir.

Einige der Gegenspieler sind absolute Weltstars und im Gegensatz zu dir regelrechte Veteranen, was internationale Turniere angeht.

Einer der Spieler schaut dich ziemlich von oben herab an und formt mit den Lippen das Worte »Rookie«, was so viel wie Anfänger bedeutet.

Recht hat er, denkst du dir, aber jeder hat schließlich mal angefangen. Und vielleicht gelingt es dir, den alten Hasen beim Spiel auch tatsächlich alt aussehen zu lassen. Das jedenfalls nimmst du dir fest vor, als du in eure Hälfte läufst und deine Position einnimmst. Ein kurzer Blick zur Bank, auf der Maxi Heidenreich Platz nehmen durfte, beziehungsweise musste (was ein Lächeln auf dein Gesicht zaubert), und zum Trainer, der wie alle auf den Anpfiff wartet und dabei nervös auf den Fußspitzen wippt.

Ihr habt Anstoß und werdet von den Spaniern sofort attackiert wie von einem Schwarm Moskitos.

Zwei oder drei Gegner stürzen sich auf den ballführenden Spieler. Dir ergeht es nicht anders, als du die Kugel hast. Den ersten Typ lässt du noch elegant mit einer Körpertäuschung aussteigen, aber als der zweite mit einer ziemlich fiesen Grätsche heranfliegt, spielst du lieber ganz schnell ab – blöderweise landet der Ball aber beim Gegner.

Die Spanier ziehen jetzt ihr berüchtigtes wie geniales Kurzpassspiel auf. Zack, zack, zack – über viele Stationen läuft die Kugel wie am Schnürchen durch die eigenen Reihen. Jeder, der den Ball hat, hält ihn nur kurz. So sind die Kugel und die Spieler ständig in Bewegung, es gibt keine auch noch so kurze Unterbrechung, um sich auf die Taktik des Gegners einzustellen.

Der ist wie erwartet ballgewandt und technisch auf höchstem Niveau. Es ist ausgesprochen schwierig, den Spaniern den Ball abzuluchsen, ohne sie zu foulen.

Du hetzt von einem zum anderen Gegenspieler, ohne an die Kugel heranzukommen – bis dir einer deiner erfahrenen Mitspieler mit einer Geste zu verstehen gibt, dass du nicht herumlaufen sollst wie ein aufgescheuchtes Huhn.

Okay, spiel mit Auge, spiel mit Hirn, nicht nur mit den Beinen!, ermahnst du dich und wirst ruhiger.

In der zehnten Minute hätte es fast bei euch geklingelt. Mit ihrem Tikitaka-Spiel kombinieren sich die Kerle in einem irrwitzigen Tempo in euren Strafraum. Noch ein Querpass, Yannick grätscht ins Leere und dann kommt der Abschluss – ein echtes Pfund, aber einmal mehr ist der Welttorhüter in euren Reihen auf dem Posten und kann parieren.

Puh, das war knapp! Mit einer Ecke für die Spanier geht's weiter. Der Ball fliegt zu flach herein, diesmal ist Yannick zur Stelle und fängt die Kugel ab. Er spielt zu dir rüber und du legst los wie die Feuerwehr.

Mit dem Ball am Fuß jagst du über das halbe Feld. Nur drei Kollegen sind dir gefolgt.

Auch eure Gegner hetzen zurück, aber die meisten haben zu viel Rückstand, um dich noch einholen zu können.

Allerdings sind noch zwei Verteidiger übrig, die sich zur Linie des eigenen Sechzehners orientieren und sich irgendetwas zurufen, was du nicht verstehst.

Auch einer deiner Mitspieler ruft dir etwas zu, und das hast du ganz genau verstanden: Er will den Ball.

Wenn du einen Doppelpass mit ihm versuchst, lies weiter auf Seite 14

Wenn du in den Zweikampf gehst und den Gegner ausspielen willst, um frei zum Abschluss zu kommen, lies weiter auf Seite 104

Okay, weiter Vollgas! Ihr braucht mindestens ein Tor, sonst könnt ihr die Koffer packen. Aber es ist wie verhext: Obwohl ihr einen Angriff nach dem anderen startet und dem Gegner kaum Zeit zum Luftholen lasst, bleibt es vorerst beim 0:0. Die Uhr tickt gnadenlos.

Von den Rängen kommt massive Unterstützung, denn eure Fans erkennen, dass ihr alles gebt.

Doch das Tor, dieses einzige und so wichtige Tor, will einfach nicht fallen.

Du schaust zur Uhr. Euch bleiben noch fünf Minuten.

FÜNF!

Das ist nichts, oder?

Doch wie oft wurde ein Spiel spät entschieden! Du darfst bloß nicht lockerlassen, du musst weiter an den Sieg glauben – so wie deine Mitspieler. Mit aller Macht drängt ihr auf einen Treffer. Es herrscht eine Art Belagerungszustand am gegnerischen Sechzehner. Auch dich hält es längst nicht mehr auf deiner angestammten Position im offensiven Mittelfeld. Denn das Runde muss doch endlich mal ins Eckige – und du hast einen guten Schuss! Jetzt gibt es schon wieder Eckball für euch. Es läuft bereits die 87. Minute.

Wenn du dich im Strafraum ins Gewühl stürzt, um einen Treffer zu erzielen, lies weiter auf Seite 47

Wenn du außerhalb des Sechzehners auf einen Abpraller lauerst, lies weiter auf Seite 15

Endlich bist du da! Das Trainingslager befindet sich in einer malerischen Bergregion. Ihr seid in einem Luxushotel untergebracht, das von erstklassigen Sportplätzen umgeben ist.

Heute Morgen gab es ein erstes lockeres Training. Ein paar Laufübungen, mehr nicht. Der Bundestrainer ist ein ruhiger, höflicher Typ, der aber genau weiß, was er will und was nicht. Seine Kommandos kommen präzise, Widerworte gibt es nicht.

Jetzt sitzt ihr alle im Restaurant beim Mittagessen.

An deinem Tisch hocken die anderen drei Neuen der Nationalmannschaft: Stürmer Luca Schwarz, Abwehrspieler Yannick Westerberg und – na klar – Maxi Heidenreich.

Luca und Yannick sind nette Typen, die über ihre Freundinnen und ihre Erfolge an der Konsole quatschen. Vor allem Yannick ist superlocker. Er hat aber auch eine ziemlich große Klappe.

Maxi sagt nichts. Lustlos stochert er in den Nudeln auf seinem Teller herum und behandelt dich, als wärst du Luft.

Soll er nur, denkst du. Der Typ wird nicht begeistert sein, dass auch du zu den Neuen gehörst. Nicht nur, weil er dich genauso wenig leiden kann wie du ihn. Sondern vor allem, weil ihr in euren Clubs auf derselben Position spielt: Ihr seid klassische Zehner, könnt das Spiel lenken, geniale Pässe schlagen und habt auch noch einen guten Abschluss.

Aber im Nationalteam ist diese Position bereits durch einen Weltmeister von 2014 bestens besetzt. Es geht also allenfalls um die Nummer zwei auf dem Spielmacherposten. Schließlich kann es auf dem Platz keine zwei Zehner geben.

Entweder du oder Maxi, einer von euch wird auf der Bank landen – oder nach diesem Trainingslager nach Hause fahren.

Nein!, schwörst du dir. Du wirst das nicht sein.

Allmählich verstummt das Gespräch an eurem Tisch und du lässt deinen Blick wandern. Am Tisch schräg gegenüber sitzen die ganz großen Stars aus München, Dortmund oder Madrid, und natürlich auch der aktuelle Welttorhüter.

Die Hälfte von denen ist schon einmal Weltmeister geworden. Einfach irre. Plötzlich kommst du dir ganz klein vor und du schaust schnell weg.

Nun gerät ein alter Bekannter in dein Blickfeld, der an einem anderen Tisch gerade eine gewaltige Portion Nudeln futtert: Es ist Thorben Schmidt, der Mannschaftskapitän deiner Bundesligamannschaft. Er ist ein typischer Abräumer, ein Mann fürs Grobe. Jemand, der auch mal dazwischenhaut und die Kollegen auf dem Platz zusammenfaltet, wenn ihm deren Einstellung nicht passt. Wenn sie zu lasch sind und sich nicht richtig reinhängen. In der Regel wird Schmidt im defensiven Mittelfeld aufgestellt – beim FC wie in der Nationalmannschaft. Da ist er konkurrenzlos glücklich. Schmidt braucht sich in beiden Teams um seinen Stammplatz keine Gedanken zu machen. Was für ein Luxus! Er kann dich gut leiden und hat dir angeboten, dass du dich jederzeit an ihn wenden kannst, wenn irgendetwas ist. Das ist echt schwer in Ordnung von ihm …

Du wirst aus deinen Gedanken gerissen, als der Nachtisch gereicht wird – ein genialer Eisbecher mit Früchten. Hm, lecker!

Nach einer kurzen Mittagsruhe trommelt der Bundestrainer euch zu einer weiteren Übungseinheit zusammen.

Ihr studiert ein paar Standards ein. Vor allem Eckbälle stehen auf dem Programm.

Die eine Variante besteht darin, den Ball auf den kurzen Pfosten zu ziehen. Dort soll einer aus dem Team den Ball mit dem Kopf nach hinten verlängern: eine Vorlage für einen der Mittelfeldspieler, der von hinten heranrauscht und die Kugel in die Maschen drückt.

Variante zwei geht so: Die Ecke wird nicht direkt vors Tor, sondern zur Kante des Sechzehners gezirkelt. Dort lauert einer eurer Verteidiger, der eine besonders harte Klebe hat und den Ball volley in den Winkel knallt.

Anschließend gibt es ein Trainingsspielchen. Du bist ganz froh, dass mit Schmidt ein vertrautes Gesicht in deinem Team ist. Es wird ein flottes Match und es fallen reihenweise Tore. Auch dir gelingt ein Treffer – und zwar gegen den Welttorhüter! Wie cool ist das denn? Der Keeper lacht und klopft dir anerkennend auf die Schulter. Was für ein Ritterschlag!

Jetzt bist du erst recht gut drauf und traust dir auch mal ein Solo zu. Mit einem Lächeln willst du an einem der Stars vorbeiziehen, doch der findet das nicht so komisch und foult dich – du landest hart auf dem Boden und dir bleibt erst mal die Luft weg.

»Was soll das?«, giftest du ihn an, nachdem du dich mühsam wieder aufgerappelt hast. »Das ist doch nur ein Trainingsspiel!«

Doch der Star winkt nur ab.

Deine Wut wächst – und dir fallen wieder die Worte deines Vaters ein.

Du musst dich durchsetzen – mit allen Mitteln.

Das widerstrebt dir eigentlich. Aber der Star nimmt auch keine Rücksicht. Ganz im Gegenteil.

Du willst ihm gerade eine passende Antwort geben, als Schmidt dazwischengeht: »Aufhören.«

Grinsend trollt sich der Typ. Du führst den fälligen Freistoß aus und willst den Ball vors Tor flanken. Doch das misslingt völlig. Der Ball landet im Nirgendwo.

O Mann, was für eine Gurke!, denkst du und schämst dich. Das kannst du viel besser.

Der Bundestrainer klatscht in die Hände und ruft: »Konzentration, Leute!«

Der Kommentar galt natürlich in erster Linie dir.

Reiß dich zusammen!, feuerst du dich in Gedanken an. Du musst den Bundestrainer überzeugen – und allzu viel Zeit hast du dafür nicht.

Du hängst dich noch mehr rein, gibst wirklich alles.

Jetzt hat der Star, der dich vorhin gefoult hat, den Ball und treibt ihn energisch durchs Mittelfeld. Du klebst an ihm dran, doch er rammt dir den Ellenbogen in die Seite, um dich abzuschütteln. Kein Pfiff ertönt. Euer Trainer, der das Spiel pfeift, hat's nicht gesehen.

Wieder kocht die Wut in dir hoch. Dieser eingebildete Typ! Du hättest wirklich große Lust, ihn mal richtig von hinten umzugrätschen.

Du musst dich durchsetzen – mit allen Mitteln.

Wenn du das tust, lies weiter auf Seite 114

Wenn du dich zusammenreißt und fair bleibst, lies weiter auf Seite 100

Du schaltest einen Gang zurück und schonst dich, wann immer es die Spielsituation erlaubt. Schließlich kann es auch eine Verlängerung geben und dann wird es darauf ankommen, dass du dir deine Kräfte gut eingeteilt hast.

Ihr macht weiter Druck, findet aber nicht den richtigen Hebel, um die gut organisierte Abwehr eures Gegners zu knacken. Du hältst dich an deine defensiven Aufgaben im Mittelfeld, obwohl es dir schwerfällt. Bei deinem Bundesligaverein, dem FC, hättest du längst zu einem deiner Soli angesetzt, für die dich die Fans so lieben. Doch das hätte der Bundestrainer sicher nicht so toll gefunden.

Also bleibst du die meiste Zeit brav hinter der Mittellinie und verrichtest die Drecksarbeit, wobei du aber immer darauf bedacht bist, dich nicht zu sehr zu verausgaben.

Dann kommt die 59. Minute. Du rauschst in deinen Gegenspieler hinein und bringst ihn zu Fall. Der Typ wälzt sich am Boden und schreit wie am Spieß. Die Fans eurer Gegner sind aufgebracht, sie pfeifen dich aus, fordern eine Bestrafung.

Lächerlich, das war ein ganz normaler Zweikampf: hart, aber nicht unfair.

Jetzt springt der Kerl auf und kommt drohend auf dich zu. Du lässt dich nicht einschüchtern und bleibst einfach stehen.

Da verpasst er dir einen harmlosen Stoß vor die Brust.

Wenn du theatralisch zu Boden gehst, damit dein Gegner vielleicht vom Platz fliegt, lies weiter auf Seite 121

Wenn du dich nicht zu einer Schauspieleinlage hinreißen lässt, lies weiter auf Seite 70

Super, jetzt habt ihr die Vorrunde erfolgreich überstanden. Das ganze Team ist aus dem Häuschen. Nach dem schwachen ersten Spiel haben viele schon mit dem Schlimmsten gerechnet, aber ihr habt die Wende geschafft.

In den Medien wird vor allem der Sieg im entscheidenden dritten Spiel gefeiert. Du bekommst sehr gute Kritiken, was dich natürlich mächtig freut. Du strotzt nur so vor Selbstvertrauen. Ob auch der Trainer deine Leistung würdigt – zum Beispiel mit deinem ersten Einsatz in der Startelf?

Yannick ist ebenso glücklich. Nur Maxi Heidenreich ist stinkig, als er die Lobeshymnen auf dich mitbekommt.

»Da war auch eine Menge Glück dabei, vergiss das nicht«, sagt er morgens beim Frühstück im Mannschaftsquartier zu dir.

»Wieso Glück?«, fragt Schmidt, der mit euch am Tisch sitzt. »Das war doch ein schönes Tor.«

Maxi winkt ab. »Na ja.«

Du schaust zu Yannick und grinst. Dieser Maxi gönnt keinem anderen den Erfolg. Wenn der Typ den Treffer selbst erzielt hätte, dann wäre es in seinen Augen bestimmt das Tor des Jahres gewesen.

Das Gespräch verstummt, kurz darauf steht mal wieder ein Training an.

Der Coach scheucht euch ordentlich, er erwartet, dass ihr die Spannung aufrechterhaltet.

»Wir können uns keinen Moment der Nachlässigkeit erlauben, keine großen Pausen, keinen Schlendrian«, impft er euch ein. »Wir müssen auf das nächste Spiel fokussiert bleiben, auf das Weiterkommen. Alles andere tritt in den Hintergrund – ist das klar?«

Ihr nickt und hängt euch beim Training voll rein.

Vor allem du brennst vor Ehrgeiz. Deine Formkurve beim Turnier zeigt deutlich nach oben, das letzte Vorrundenspiel war dein bestes.

Erneut fragst du dich, ob der Coach dich jetzt auch mal von Anfang an aufstellt. Aber er lässt sich nicht in die Karten schauen, sondern dich und die anderen zappeln. Das gilt natürlich vor allem für die jungen Typen wie Yannick, Maxi und dich. Die Stars, die ihr Geld bei den ganz großen Clubs in Spanien, Italien oder England verdienen, brauchen sich hingegen kaum Gedanken zu machen, ob sie von Beginn an auf dem Platz stehen.

Du registrierst genau, dass auch Maxi alles gibt. Im direkten Vergleich zwischen euch beiden hast du aber im Moment ganz klar die Nase vorn. Das wird Maxi mächtig ärgern, da bist du dir sicher. Du ahnst, dass auch er sich durch super Trainingsleistungen für einen Platz in der Startelf empfehlen will.

Hm, umso besser wäre es, Gewissheit zu haben.

Wenn du vom Trainer wegen deiner Topleistungen nun einen Stammplatz forderst, lies weiter auf Seite 112

Wenn du lieber abwartest und bei der nächsten Einwechslung wieder Vollgas geben willst, lies weiter auf Seite 66

Euer Spielmacher ist der Spezialist für Ecken. Bisher hat er den Ball immer auf den zweiten Pfosten gezogen. Darauf hat sich der Gegner eingestellt, sodass die Ecken kaum für Gefahr sorgten.

Du hast dich ebenfalls in den Sechzehner geschlichen, ein bulliger Verteidiger folgt dir auf Schritt und Tritt, hält dich am Trikot, klammert ein wenig – die üblichen Mätzchen. Du schiebst den Typ weg und ziehst dich ein wenig aus dem Getümmel zurück. Nun stehst du auf der Höhe des Elfmeterpunktes und der bullige Typ orientiert sich zu eurem hochgewachsenen Mittelstürmer.

Euer Eckballschütze hebt die Hand, dann fliegt die Kugel heran. Doch diesmal kommt sie nicht auf den zweiten Pfosten, sie kommt ... direkt zu dir!

Du steigst hoch und erwischst den Ball perfekt mit der Stirn! Unhaltbar saust er unter die Latte. Das ist der Einschlag, das ist das 1:0!

Und wer hat's gemacht? Du!

Deine Mitspieler fallen dir um den Hals und begraben dich unter sich.

Aua! Aber was soll's? Das ist ein süßer Schmerz!

Kurz darauf ist das Spiel zu Ende. Ihr steht im Achtelfinale, dank dir!

Lies weiter auf Seite 44

Du ziehst das Tempo an, doch schon spürst du es: Eine Sehne scheint zu reißen, der Schmerz explodiert in deinem Kopf. Du humpelst noch ein paar Meter und sackst dann an der Seitenauslinie zusammen.

O nein! Mit Tränen in den Augen siehst du, wie eure Abwehr die Situation bereinigen kann.

Euer Keeper kickt den Ball ins Aus, damit sich die medizinische Abteilung um dich kümmern kann. Schon sind die Experten bei dir.

Gestützt vom Doc schleichst du vom Platz. Das Spiel ist für dich gelaufen.

Und nicht nur das: Das ganze Turnier ist für dich vorbei. Denn im Krankenhaus bestätigt sich, was du befürchtest hast: Die Sehne ist durch. Zwei Monate Pause heißt das für dich.

Hättest du dich doch lieber auswechseln lassen …

Aber diese Einsicht kommt leider zu spät.

ENDE

In der 71. Minute fängst du einen Pass des Gegners ab. Jetzt hast du zwei Optionen: Du könntest den Ball zu Yannick zurückspielen, der ihn dann vermutlich zum Keeper weiterleiten würde. Das wäre ganz im Sinne des Trainers – auf Nummer sicher gehen, den Gegner ins Leere laufen lassen.

Doch das ist einfach nicht dein Ding. Du bist ein kreativer Spieler, der sich in der Offensive wohlfühlt. Diesen ganzen Sicherheitsfußball findest du grässlich.

Mit dem Ball am Fuß peilst du blitzschnell die Lage. Wie vom Trainer verlangt, steht dein Team total defensiv. Nur euer einziger Stürmer ist in der gegnerischen Hälfte und wartet seit geraumer Zeit vergeblich auf ein Anspiel. Der hängt in der Luft, wie es so schön heißt.

Aber jetzt nicht mehr. Denn du pfeifst auf das taktische Konzept des Trainers und spielst einen riskanten Pass in die Tiefe.

Der Stürmer hat genau darauf spekuliert und ist schon losgelaufen. Beim Sprint schüttelt er seinen Gegenspieler mit einem leichten und vom Schiri nicht geahndeten Rempler ab und zieht zum Sechzehner – und genau dorthin kommt dein millimetergenauer Pass! Was für eine Sahneaktion von dir!

Der Stürmer nagelt die Kugel aufs Tor, der Keeper macht sich ganz lang, bekommt die Hände aber noch dran und wehrt zur Ecke ab.

Mist!

Aber trotzdem, das war endlich mal ein offensives Lebenszeichen von euch! Auch der fällige Eckball bringt Zeit und Entlastung.

Du lauerst im Rückraum, bekommst über ein paar Umwege den

Ball. Rückpass, Zeit schinden, den Schwung rausnehmen? Nicht mit dir!

Du zirkelst die Kugel auf die gegnerische Kiste. Der Ball senkt sich herrlich auf das Tor, aber erneut ist der Keeper zur Stelle. Er greift über und faustet die Kugel über die Latte.

Wow, das wäre fast dein erstes Tor für die Nationalmannschaft gewesen!

Nach dieser Aktion von dir werden auch einige deiner Mitspieler etwas mutiger. Maxi jedoch bleibt rein defensiv.

Dem Trainer gefällt dein Offensivgeist scheinbar nicht besonders. Er macht Gesten, die dich bremsen sollen. Doch du tust so, als würdest du das nicht registrieren. Du ziehst dein Spiel durch, beschäftigst den Gegner. Die Partie wird jetzt ausgeglichener, und als der Schiri abpfeift, ist euer knapper Sieg durchaus verdient.

In den Medien wirst du danach mit Lob überschüttet, weil du dem Spiel deinen Stempel aufgedrückt und für frischen Wind im Angriff gesorgt hast. Maxi Heidenreich wird in den Berichten kaum erwähnt, sein Spiel war einfach zu unauffällig.

Der Trainer jedoch hält sich dir gegenüber mit Lob deutlich zurück. Kein Wunder, denn du hast seine Marschroute nicht befolgt. Er staucht dich aber deswegen auch nicht zusammen.

Also, so glaubst du, war es gut, dass du dir ein paar kreative Freiheiten herausgenommen hast.

Lies weiter auf Seite 62

Auch wenn es dir noch so schwerfällt: Du beherrschst dich, ignorierst die Pfiffe und Schmähungen.

Dann ist das Spiel vorbei. Ihr habt verloren. Die WM hat eine ihrer ersten großen Überraschungen erlebt. 0:2. Wie peinlich! Und wie gefährlich! Denn jetzt ist der Druck groß – um sicher weiterzukommen, müsst ihr die nächsten beiden Partien gewinnen.

Der Trainer schickt euch in die Kurve mit den Fans. Wieder werdet ihr ausgebuht. Aber das habt ihr euch redlich verdient.

Als Letzter läufst du vom Platz. Kurz bevor du den Spielertunnel betrittst, stellt sich dir ein Reporter in den Weg.

»Wie bewerten Sie Ihren ersten Einsatz in der Nationalmannschaft? Sind Sie enttäuscht?«

»Ja, natürlich – das habe ich mir ganz anders vorgestellt. Ich habe keinen guten Tag erwischt. Das tut mir leid für das Team.«

Der Reporter lächelt. »Aber es lag doch sicher nicht nur an Ihnen, dass Deutschland diese überraschende Pleite kassierte. Lag es nicht auch an der Taktik? Hatten Sie das Gefühl, dass der Trainer die Mannschaft richtig auf den heutigen Gegner eingestellt hat? Und hat der Trainer nicht viel zu spät gewechselt?«

Du zögerst. Es stimmt, der Trainer hat deiner Meinung nach eine falsche Taktik gewählt. Außerdem hättest du dich natürlich über eine frühere Einwechslung gefreut. Was kann man ab der 81. Minute beim Stand von 0:2 schon groß bewirken?

Wenn du dem Reporter das sagst, lies weiter auf Seite 82

Wenn du die Schuld lieber nicht beim Trainer suchst, lies weiter auf Seite 101

Als Berater hast du dir niemand Geringeren als Klaus Klöver ausgesucht, die Nummer 1 in diesem Geschäft. Er hat bereits einige Superstars unter Vertrag, zu denen auch mehrere deutsche Nationalspieler gehören. Wenn einer weiß, wie man an hervorragende Werbeverträge herankommt oder noch bessere Bedingungen aushandelt, dann er.

Schon rufst du ihn an.

»Hallo, Herr Klöver, haben Sie schon gehört?«, platzt du heraus.

»Was?«, fragt er.

»Ich bin Nationalspieler«, verkündest zu stolz. »Heute kam der Anruf vom Bundestrainer.«

»Gratuliere!«, ruft dein Berater. »Aber ich gehe mal davon aus, dass du zunächst nur zum vorläufigen Kader gehörst, oder?«

Vorläufig ... da ist es wieder, dieses hässliche Wort.

»Äh, ja«, gibst du zu. »Aber ich packe das schon und werde mich durchsetzen. Ich werde in Russland dabei sein.«

»Das hoffe ich für dich. Kann ich sonst noch etwas für dich tun?«

»Na ja, ich dachte, dass Sie für mich neue Verträge aushandeln könnten. Ich bin doch jetzt Nationalspieler.«

Der Berater schweigt einen kurzen Moment. Dann sagt er: »Tom, so läuft das nicht. Du musst erst einmal Leistung bringen und zeigen, dass du auch bei einem großen internationalen Turnier bestehen kannst. Erst Leistung, dann Kohle. Sonst giltst du ganz schnell als geldgierig, mein Lieber.«

Oh, damit hast du nun ganz und gar nicht gerechnet. Das ist dir jetzt aber ziemlich peinlich. Rasch beendest du das Gespräch.

Lies weiter auf Seite 116

Nein, du willst auf dem Platz bleiben und den Abpfiff auch dort erleben! Also hältst du dich vornehm zurück. Du hechelst dem wieselflinken Gegner hinterher, kannst ihn aber nicht mehr einholen und fair vom Ball trennen.

Also musst du mit ansehen, wie der Kerl butterweich ins Zentrum flankt und seinen Mitspieler findet, der zum Kopfball hochsteigt!

Nein!, denkst du dir, bloß kein Gegentor nach deinem Fehler!

Euer Keeper ist aber auf dem Posten und kann den Kopfballtorpedo über den Kasten lenken!

Uff, das war knapp! Eure Gegner raufen sich die Haare wegen der ausgelassenen Riesenchance.

Deine Mitspieler und du gratuliert eurem Torwart zu der Mega-Parade.

Der Welttorhüter faucht dich an: »Mann, du kannst den doch nicht ziehen lassen! Konzentrier dich!«

Du nickst stumm und nimmst dir fest vor, besser aufzupassen. Das darf dir nicht noch einmal passieren!

Lies weiter auf Seite 38

Frisch, munter und höchst motiviert stehst du am nächsten Morgen auf dem Platz.

Euer Trainer schickt euch erst einmal zum Aufwärmen, dann sind Passübungen angesagt. Ihr alle kniet euch rein, die Stimmung ist total gut.

Dann gibt es wieder ein Trainingsspiel, an dem natürlich auch alle Neulinge teilnehmen. Luca spielt in deiner Mannschaft, Yannick und Maxi jedoch in der anderen.

Erneut wird es ein munterer Kick. Im Mittelfeld lieferst du dir immer wieder packende Duelle mit Maxi Heidenreich. Es geht ganz schön zur Sache.

Als du Maxi bei einem dieser Duelle vor den Augen des Trainers tunnelst (ha, wie cool!), lässt Maxi dich bei nächster Gelegenheit über die Klinge springen. Du landest ziemlich hart auf dem Boden, doch du beschwerst dich nicht. So etwas regelt man anders ...

Kurz darauf foulst du Maxi derart, dass er einige Meter über den Platz kugelt.

Maxi beschwert sich. »Was bist denn du für ein übler Treter?«, ruft er und beginnt, dir eine Standpauke zu halten.

Wenn du die wortlos über dich ergehen lässt, lies weiter auf Seite 21

Wenn du ihm die Meinung sagst, lies weiter auf Seite 56

Es ist Quatsch, in einem so wichtigen Spiel zu viel zu riskieren, denkst du dir und passt mal lieber ganz lässig zurück zu eurem Keeper. Der ist bekannt dafür, dass er das Spiel von ganz hinten wunderbar eröffnen kann.

Aber was ist das? O Gott!

In deinem Rücken hast du einen gegnerischen Stürmer übersehen, der sich den von dir viel zu lasch gespielten Ball schnappt und mit ihm am Fuß auf euer Tor zustürmt.

Nein, nein, nein! Was für ein Katastrophenpass von dir!

Du willst den grässlichen Fehler wiedergutmachen und hechelst dem Stürmer hinterher. Doch du kannst ihn nicht einholen.

Mit Panik im Blick siehst du, wie euer Keeper aus dem Kasten kommt, um zu retten, was noch zu retten ist. Doch er ist machtlos gegen diesen Lupfer, der hinter ihm ins Tor fällt.

Du sinkst auf den Rasen. Du Idiot, du Vollpfosten! Warum hast du nicht aufgepasst?

Einer der älteren Nationalspieler versucht dich aufzumuntern. Andere jedoch funkeln dich böse an. Langsam stehst du auf und nimmst den Torjubel der Gegner wie durch einen Schleier wahr.

Danach bist du völlig verunsichert und der Trainer wechselt dich gegen Maxi aus. Aber auch diese Umstellung bringt nichts – ihr verliert das Viertelfinale schließlich und verabschiedet euch aus dem WM-Turnier.

Und wer trägt ein gehöriges Maß an Mitschuld? Na, wer wohl?

ENDE

Du beugst dich grinsend über ihn. »Heul doch!«

Maxi schießt hoch. »Halt die Klappe! Das war ein übler Tritt!«

»Ach was, das war ein ganz normaler Zweikampf, du Memme!«, erwiderst du.

»Was? Wer fällt denn sofort, wenn er auch nur ganz leicht berührt wird? Das bist doch du, du Opfer!«, brüllt Maxi. »Das weiß jeder, der mal ein Bundesligaspiel von dir gesehen hat!«

Jetzt wirst du sauer, denn das stimmt absolut nicht. Du bist der Letzte, der sich leicht fallen lässt.

»Idiot!«, pflaumst du ihn an. »Du bist doch der Schwalbenkönig der ganzen Liga!« Das ist zwar definitiv auch falsch, aber hier geht es nicht mehr um die Wahrheit. Hier geht es um einen Platz im Nationalteam!

Inzwischen steht ihr Stirn an Stirn, die Fäuste geballt.

Doch bevor es so richtig kracht, werdet ihr von einem Mannschaftskameraden getrennt.

»Schluss damit!«, ruft er.

Du blickst zum Trainer, der nur kurz nickt.

Okay, denkst du dir, dieses Duell ging wohl unentschieden aus. Aber es war vermutlich gut, dass du Maxi Paroli geboten hast. Denn es kommt im Team nicht nur auf das spielerische Potenzial an, sondern auch auf Durchsetzungsvermögen und Selbstsicherheit. Du hoffst, den Trainer auch in diesen Punkten überzeugt zu haben.

Lies weiter auf Seite 73

Du bist einfach gut drauf. Die Schmerzen in der Wade sind Vergangenheit, du hast ein starkes Spiel abgeliefert und bist entsprechend selbstbewusst.

Der Trainer zwinkert dir zu. »Gut, Tom, ich verlasse mich auf dich.«

»Klar, Trainer, das können Sie auch«, erwiderst du ganz locker, obwohl du es natürlich nicht bist.

Dann geht es los und im Stadion beginnt es zu brodeln. Die Italiener werden den ersten Elfer schießen.

Euer Keeper schlendert in aller Seelenruhe in den Kasten. Die Anfeuerungen und die Pfiffe scheint er überhaupt nicht zu registrieren. Du bewunderst ihn für seine Coolness. Jetzt steht er auf der Linie.

Der erste Schütze der Italiener hat sich den Ball zurechtgelegt.

Zwei Schritte Anlauf, kurze Verzögerung und ... drin!

Schade!

Dann ist Deutschland dran. Einer eurer Abwehrrecken verwandelt souverän.

Zweiter Elfer für den Gegner. Der Spieler nimmt einen enormen Anlauf und sprintet los.

Du stehst mit den anderen am Mittelkreis und siehst, wie der Typ die Kugel über die Latte jagt!

Super, so darf es weitergehen!

Doch dann versemmelt ihr ebenfalls einen Elfer. Nach je fünf geschossenen Elfern steht es schließlich 4:4.

Jetzt gelten neue Regeln: Wenn eine Mannschaft einen weiteren Elfer vergeigt und die andere trifft, so ist letztere weiter und steht im Finale.

Der sechste Schütze der Gegner streichelt den Ball und legt ihn auf den Punkt wie ein rohes Ei.

Dann feuert er die Kugel ab – doch euer Torhüter hat die Ecke geahnt! Was für eine unglaubliche Parade! Mit den Fingerspitzen lenkt er das Geschoss an den Pfosten. Gehalten! Fantastisch! Das Stadion explodiert förmlich!

Und jetzt, jetzt bist du dran.

Während du zum Punkt schreitest, wird dir klar: Wenn du den reinmachst, steht ihr im Finale! Aber wenn du scheiterst, geht der Krimi weiter.

Was für ein Druck auf deinen jungen Schultern!

Du schaust zum Torwart der Italiener. Der Mann ist eine lebende Legende mit jeder Menge Erfahrung und trotz seines fortgeschrittenen Alters immer noch brillanten Reflexen.

Während du kurz durchatmest, überlegst du dir, wie du diesen Typ am besten überwinden kannst.

Wenn du den Elfmeter so schießt, wie ihr das im Training oft geübt habt (hoch in den Winkel), lies weiter auf Seite 25

Wenn du lieber einen frechen Lupfer in die Mitte probierst, um den Keeper zu überraschen, lies weiter auf Seite 13

Du baust dich vor dem Schiri auf und machst ihm klar, dass er den Typ doch bitte mal vom Platz stellen soll. Das wäre ja wohl ein ganz übles Foul gewesen. Ein paar Kollegen unterstützen dich, aber du bist ganz klar der Wortführer in dieser Situation.

Es gibt eine Menge Palaver und du lässt nicht locker. Schließlich greift der Schiri tatsächlich in die Tasche.

Super, jetzt fliegt der Kerl und ihr habt einen Mann mehr auf dem Platz!, denkst du dir.

Irrtum. Der Gegner hat einen Mann mehr. Denn du siehst Gelb-Rot wegen Reklamierens!

Das darf doch nicht wahr sein! Aber der Schiedsrichter hat dein mieses Spiel durchschaut und schickt dich zum Duschen.

Der Schuss ging nach hinten los, das Finale verfolgst du von der Tribüne – und musst mit ansehen, wie ihr es unglücklich mit 0:1 verliert. Eine gehörige Portion Schuld trägst du daran. Denn wer weiß, wie das Spiel ausgegangen wäre, wenn du nicht vom Platz geflogen wärst ...

ENDE

Du hast schon immer eine wunderbare Schusstechnik gehabt – eine Technik, die dich ganz nach oben beim ruhmreichen FC und schließlich bis in die deutsche Nationalmannschaft geführt hat. Aber jetzt, in diesem Viertelfinale, ist das etwas anderes. Jetzt kommen noch andere Faktoren hinzu: Coolness, Abgezocktheit, Nervenstärke.

Hast du das drauf, jetzt und hier, in dieser entscheidenden Szene?

Du schießt den Ball nicht, du streichelst ihn. In einer eleganten Kurve fliegt er am Keeper vorbei auf den leeren Kasten zu.

Wie in Zeitlupe siehst du die Kugel zu ihrem Ziel schweben. Deine weit aufgerissenen Augen begleiten den Ball – am liebsten würdest du ihn in das Tor hineinblinzeln!

Klatsch, das war der Innenpfosten! Dein Mund öffnet sich zu einem gellenden Schrei: Nein, bitte nicht!

Doch die Kugel hat so viel Effet, dass sie sich ins Netz dreht!

Das ist das 1:0! Nein, Quatsch. Das ist DEIN 1:0!

Schon fällt dir der erste Mitspieler um den Hals. Weitere folgen. Du wirst auf dem Platz und auf den Rängen gefeiert. Und auch auf den vielen öffentlichen Plätzen, auf denen in deiner Heimat Fußball-Deutschland zugeschaut wird, jubeln die Massen!

Lies weiter auf Seite 79

Nach eurem ersten Sieg habt ihr ein wenig Ruhe und könnt vor dem dritten und entscheidenden Gruppenspiel neue Kraft tanken.

Die Lage ist klar: Ihr habt drei Punkte auf dem Konto und braucht in der letzten Partie noch einen Dreier, um euch sicher für das Achtelfinale zu qualifizieren.

Bei den lockeren Trainingseinheiten drehen sich eure Gedanken meistens um den nächsten Gegner. Auch diese Mannschaft ist ein Außenseiter, hat sich aber bisher ganz gut geschlagen und ebenfalls noch Chancen auf das Erreichen der nächsten Runde.

»Das wird alles andere als ein Spaziergang«, sagst du zu Yannick, als ihr nebeneinander um den Platz trabt.

»Mit Sicherheit«, erwidert die Abwehrkante. »Und deren Fans sind auch noch besonders laut und fanatisch.«

Da hat er recht. Zwar sind die deutschen Fans ebenfalls sehr lautstark und euer zwölfter Mann, aber nicht ganz so extrem.

In der Nacht vor eurem letzten Vorrundenspiel schläfst du nicht gut. Aber als ihr am nächsten Tag in die Arena einlauft und euch eine Woge der Begeisterung entgegenschwappt, bist du hellwach. Das Stadion ist ein Fahnenmeer.

Ihr seid von Beginn an am Drücker, doch der Außenseiter versteckt sich keineswegs und setzt immer wieder offensive Nadelstiche.

Der Trainer hat euch diesmal offensiver eingestellt: Ihr spielt mit einer falschen Neun hinter den beiden Außenstürmern.

Trotz eurer leichten Überlegenheit und einiger guter Angriffe steht es zur Pause nur 0:0.

Das ist vermutlich zu wenig, vier Punkte werden wohl nicht reichen – ihr braucht einen Treffer.

Als es in der 65. Minute immer noch unentschieden steht, wirst du mal wieder eingewechselt. Anders als in der zweiten Partie sollst du diesmal durchaus engagiert nach vorn spielen. Sehr gut!

Top motiviert gehst du zur Sache. Leider bist du in den Augen des Schiris etwas übermotiviert und siehst nach einem Allerweltsfoul die Gelbe Karte. Da bist du gerade einmal drei Minuten auf dem Platz.

Du protestierst, denn zum einen war es dein erstes Foul, zum anderen war es doch total harmlos. Was ist denn das für eine Pflaume von Schiri?

Einer deiner Mitspieler zieht dich zurück. »Das bringt nichts, halt die Klappe, sonst siehst du noch Gelb-Rot wegen Reklamierens«, warnt er dich.

Ärgerlich, denn jetzt musst du verdammt vorsichtig sein.

Du spielst ein wenig mit angezogener Handbremse.

Dann kommt die 74. Minute: Dein Gegenspieler zieht an dir vorbei und könnte einen gefährlichen Angriff einleiten …

Wenn du ein taktisches Foul begehst und Gelb-Rot riskierst, um ein Gegentor zu verhindern, lies weiter auf Seite 24

Wenn du den Gegner ziehen lässt, lies weiter auf Seite 53

»Tja, dann wünsche ich dir viel Erfolg im Trainingslager«, meint Wennemann.

»Warte«, sagst du schnell. »Ich bin dabei.«

»Super, das freut mich«, ruft der Reporter. »Wo steckst du denn gerade?«

»Bei meinen Eltern«, sagst du.

»He, das ist gut. Die wohnen doch irgendwo auf dem Land, soviel ich weiß. Das wird eine klasse Story: Der junge Star, der die Fußballwelt von einem Kuhkaff aus erobert.«

»Das ist kein Kuhkaff«, sagst du leicht genervt.

»Schon gut, schon gut«, erwidert der Reporter. »Es handelt sich um ein wunderschönes kleines Dorf. Und ich komme jetzt mit meinem Team in dieses wunderschöne Dorf und drehe einen Bericht über dich.«

»Nein, nicht hier bei meinen Eltern«, stellst du klar. »Mit der Presse habe ich bisher nicht nur gute Erfahrungen gemacht. Wir treffen uns auf dem Gelände des FC oder wir lassen es«, sagst du fest entschlossen.

Wennemann ist einverstanden.

Nur wenig später trefft ihr euch in einem Konferenzraum des Vereins. Wennemann stellt dir eine Menge Fragen. In erster Linie geht es natürlich um deine Karriere in der Nationalmannschaft, die eigentlich noch gar nicht begonnen hat. Schließlich hast du noch keine einzige Sekunde für das Team auf dem Platz gestanden. Du hast ja noch nicht einmal auf der Bank sitzen dürfen.

Aber das ist Wennemann völlig egal. Er quetscht dich aus und will wissen, welche Hoffnungen du im Hinblick auf die Nationalmannschaft hast.

Nach einer Stunde ist alles vorbei.

Bereits in den Spätnachrichten im Fernsehen läuft der Beitrag. Wennemann hat keine Zeit verplempert und seinen Vorsprung vor der Konkurrenz genutzt.

Der Bericht ist eigentlich ganz okay, findest du.

Aber nicht jeder findet das. Zum Beispiel der Bundestrainer. Der ruft dich nämlich kurz nach dem Bericht an und stellt dich zur Rede.

»Es ist nicht deine Aufgabe, Personalentscheidungen zu verkünden«, sagt er. »Das ist *meine* Aufgabe. Eigentlich müsste ich dich wieder aus dem Team nehmen ...«

O nein!, durchfährt es dich. Das wäre die Katastrophe. Hättest du doch lieber Maxi Heidenreich den Vortritt gelassen!

»Aber du bist noch jung und darfst auch mal einen Fehler machen«, sagt der Trainer. »Doch das sollte deine letzte unüberlegte Handlung gewesen sein. Ist das klar?«

»Und wie«, sagst du schnell.

Lies weiter auf Seite 39

Das letzte Training vor dem Achtelfinale. Ihr seid gut drauf und siegessicher. Doch da bekommt eure Euphorie einen empfindlichen Dämpfer.

Thorben Schmidt, dein Mannschaftskollege beim berühmten FC, verletzt sich bei einem völlig harmlosen Zusammenprall mit dir schwer. Er krümmt sich auf dem Rasen und du beugst dich entsetzt über ihn.

Die Ärzte rennen heran und untersuchen Schmidt noch auf dem Platz. Erste Diagnose: Bänderriss. Die WM scheint für Schmidt gelaufen.

»Es tut mir so leid«, sagst du zu ihm.

Er winkt ab und erwidert mit Tränen in den Augen: »Du kannst ja nichts dafür. Das wird schon wieder.«

Dann wird er ins Krankenhaus gebracht.

Geschockt bleibst du mit den anderen auf dem Platz zurück.

»Gut gemacht«, sagt jemand leise hinter dir. »Jetzt bist du am Ziel, oder?«

Du wirbelst herum. Na klar, es ist Maxi.

»Wie meinst du das?«, fragst du drohend.

»Na ja, jetzt ist ja ein Platz im Mittelfeld frei. Was für ein Zufall, dass du es warst, der Thorben ins Krankenhaus getreten hat ...«

»Das war kein Foul!«, schreist du ihn an. Wie kommt dieser Mistkerl nur auf die Idee, dass du Thorben absichtlich verletzt hast, um seinen Platz zu ergattern? Schmidt spielt zudem im defensiven Mittelfeld, das ist doch gar nicht deine Position! Und das weiß Maxi auch ganz genau.

Er hebt abwehrend die Hände. »Schon gut, ich hatte nur den

Eindruck, dass du ganz schön hart in den Zweikampf gegangen bist. Unnötig hart ...«

Am liebsten würdest du diesen widerlichen Typ so foulen, dass auch er ins Krankenhaus muss. Aber du beherrschst dich.

Nun greift auch der Coach ein und zieht euch auseinander.

Das Training wird beendet.

Am frühen Abend trommelt euch der Trainer zusammen und verkündet die Hiobsbotschaft: In der Klinik wurde festgestellt, dass Schmidt tatsächlich einen Bänderriss erlitten hat. Etwa drei Monate Pause sind die Folge. Erst im Herbst wird dein Mannschaftskamerad wieder voll ins Training einsteigen können. Wenn es dumm läuft, ist er erst zu Beginn der Rückrunde in der Bundesliga wieder einsatzbereit.

Du bist am Boden zerstört.

Der Trainer bemerkt das. »Du kannst wirklich nichts dafür, Tom«, sagt er und fügt hinzu: »Bist du bereit, den Platz von Thorben positionsgetreu in der Startelf einzunehmen?«

Was, du?

Dein Frust und dein Mitleid mit Thorben verwandeln sich in Stolz und Freude.

Nun sind alle Blicke auf dich gerichtet. Auch Maxi starrt dich an – und zwar mit einem merkwürdigen Lächeln. In seinen Augen kannst du den stummen Vorwurf lesen: Es war doch kein Zufall oder Unglück. Du hast Thorben ganz bewusst kaputt getreten!

Du versuchst Maxi zu ignorieren. Bestimmt ist der Typ nur sauer, weil der Trainer dich und nicht ihn als Ersatz für Schmidt auserkoren hat.

Viele Gedanken gehen dir durch den Kopf. Klar, du bist froh, dass der Trainer dich aufstellen will. Aber auf dieser Position im defensiven Mittelfeld? Die liegt dir doch gar nicht! Wärst du nicht besser im offensiven Mittelfeld aufgehoben? Dort fühlst du dich zu Hause, dort hast du deine großen Spiele für den FC abgeliefert! Aber du traust dich nicht, dem Trainer zu widersprechen ...

»Ja, natürlich«, sagst du also.

Der Coach nickt zufrieden, Maxi grinst weiter blöd vor sich hin. Wie dir dieser Vollpfosten auf den Zeiger geht!

Da klopft dir euer Torhüter auf die Schulter. »Das kriegst du schon gebacken«, meint er.

Doch deine Zweifel bleiben. Diese Position hast du noch nie gemocht. Du bist einfach kein Abräumer und Zerstörer wie Schmidt. Hoffentlich lieferst du in dieser ungeliebten Rolle trotzdem ein gutes Spiel ab.

Ihr geht auseinander. Der Trainer und euer Mannschaftskapitän gehen zur täglichen Pressekonferenz, auf der der Coach von der tragischen Verletzung berichtet. Er erwähnt aber nicht, dass du der Ersatz für Schmidt sein wirst.

Später verlässt du das Hotel, um bei einem Spaziergang auf andere Gedanken zu kommen. Sofort stürmt ein Reporter auf dich zu. Die scheinen ja regelrecht vor eurem Mannschaftsquartier zu lauern!

Bevor du dich verkrümeln kannst, hält der Journalist dir ein Mikro unter die Nase.

»Schmidts Verletzung war sicher ein Schock für das gesamte Team, oder?«, will er wissen.

Immer diese blöden Fragen, denkst du. Was denn sonst? Aber

du bleibst höflich. »Natürlich«, erwiderst du. »Er ist ja ein ganz wichtiger Spieler für uns. Deshalb ist es auch eine große Ehre für mich, dass ich ihn ersetzen darf.«

Der Reporter zieht die Augenbrauen hoch. »*Sie* spielen für Thorben Schmidt?«

Puh, das ist dir jetzt so rausgerutscht. Der Trainer hat das auf der Pressekonferenz nicht erwähnt. Na ja, nun ist es eben öffentlich. Was soll's.

»Ja«, strahlst du. »Ich bin sehr glücklich, dass der Trainer mir so viel Vertrauen schenkt.«

Gierig saugt der Journalist diese Info auf. Dann fragt er nach: »Aber eigentlich spielen Sie doch offensiv hinter den Spitzen, jetzt werden Sie auf einer eher defensiven Position eingesetzt. Das ist doch sicher sehr gewöhnungsbedürftig für Sie, oder?«

Wenn du sagst, dass du den Trainer auch nicht verstehst, lies weiter auf Seite 97

Wenn du sagst, dass du immer dort dein Bestes gibst, wo der Trainer dich aufstellt, lies weiter auf Seite 12

Auch wenn es in diesem Spiel um alles oder nichts geht, bleibst du cool. Du schaust deinen Gegner mit einem breiten Lächeln an und wischst dir über die Stelle, wo er dich gerade berührt hat. So, als wolltest du eine lästige Mücke verscheuchen. Aber zu einer unfairen Aktion lässt du dich nicht hinreißen.

Der Bundestrainer hat von der Seitenlinie die Szene natürlich genau beobachtet und reckt jetzt den Daumen nach oben.

In diesem Moment werdet du und dein Gegner auch schon vom Schiri getrennt. Er zückt die Gelbe Karte für deinen Gegenspieler und ermahnt dich, nicht so hart in die Zweikämpfe zu gehen. Sonst würdest du ebenfalls eine Verwarnung kassieren.

Damit seid ihr beide, dein Gegenspieler und du, gut bedient und die Partie wird fortgesetzt.

Lies weiter auf Seite 90

Was für eine Dramatik! Du hast Elfmeterschießen schon immer gehasst. Das ist doch die reinste Lotterie! Und obwohl du den Schmerz in der Wade rauslaufen konntest, fühlst du dich einfach nicht gut. Daher meldest du dich nicht als Schütze und lässt deinen erfahreneren Kollegen den Vortritt.

An diesem Abend habt ihr mehr Glück als die Italiener – und ihr habt den Welttorhüter, der gleich zwei Elfer pariert, von denen zumindest einer sehr platziert geschossen war.

Eure Schützen bleiben cool und treffsicher vom Punkt, und so steht Deutschland im Finale.

Auf dem Feld herrscht natürlich großer Jubel in eurem Team. Du feierst ebenfalls mit, nimmst dir aber auch die Zeit, einen der unterlegenen Gegner, der auf dem Platz zusammengesunken ist und weint, wieder auf die Füße zu ziehen. Eine faire Geste von dir, die viel Beifall findet.

Als ihr unter dem Jubel eurer Fans vom Platz geht, bist du hin und her gerissen, weil du beim Elfmeterschießen gekniffen hast. Aber du hättest der Mannschaft vielleicht geschadet, wenn du geschossen und vergeben hättest. Zudem macht dir auch niemand einen Vorwurf. Du hast also die richtige Entscheidung getroffen.

Lies weiter auf Seite 29

Du dribbelst in den Strafraum. Doch der Torwart hat die besseren Nerven, er kommt dir entgegen und schnappt dir den Ball vom Fuß!

O nein!

Und dann leitet der Keeper auch noch einen schnellen Konter ein und ihr kassiert in der 90. Minute das 1:2.

Das war's, ihr vergeigt das Finale. Wie schnell das alles gehen kann, denkst du, als du nach dem Abpfiff auf den Boden sinkst. Eine falsche Entscheidung und aus ist der große Traum von der Titelverteidigung …

ENDE

Weitere harte Trainingstage vergehen. Du hängst dich voll rein, willst aber auch nicht übermotiviert wirken. Dieser Balanceakt scheint dir zu glücken.

Das glaubst du jedenfalls.

Natürlich wird auch kräftig spekuliert: Wer von den Neuen ist dabei, wer von den »Alten« wird vielleicht noch aus dem Team gestrichen?

Außer einigen wenigen – den sogenannten Bossen, die in der Hackordnung ganz oben stehen – kann sich niemand hundertprozentig sicher sein. Unter diesen erfahrenen und unverzichtbaren Spielern stehen diejenigen, die zwar wichtig, aber trotzdem ersetzbar sind. Und ganz unten stehen die Neuen wie du, die noch kein einziges Spiel für die Nationalmannschaft gemacht haben.

Jetzt ist es Freitag, die Trainingswoche ist vorbei. Heute wird der Bundestrainer seine Entscheidung verkünden – und zwar um 14 Uhr im Rahmen einer Pressekonferenz. Vorher führt er Einzelgespräche mit einigen Spielern. Auch dein Name fällt. Du bist um 12.15 Uhr dran.

O mein Gott, was hat das zu bedeuten? Du zermarterst dir den Kopf. Will der Trainer dir persönlich – also noch vor der Pressekonferenz – und schonend beibringen, dass du leider raus bist? Dass du zwar alles gegeben, ihn aber nicht überzeugt hast? Dass dein Traum ausgeträumt ist?

Nein, nein, nein! Das kann doch nicht sein. Oder doch?

Die Zweifel nagen an dir und du bist froh, dass vor diesem für dich so wichtigen Gespräch noch ein lockerer Waldlauf mit eurem Co-Trainer und dem Physiotherapeuten auf dem Programm steht. Das lenkt dich ab.

Doch dann wird es 12 Uhr, dann 12.10 Uhr. Du tigerst vor dem Besprechungsraum auf und ab.

Maxi war auch schon beim Bundestrainer. Um 10 Uhr. Wenig später stolzierte er mit dem breitesten aller Maxi-Heidenreich-Lächeln an dir vorbei. Er brauchte gar nichts zu sagen. Es stand wie auf seiner Stirn geschrieben: ICH BIN DABEI. Und du, du Wurm?

Gönnerhaft hatte er dir auf die Schulter geklopft: »Dann mal viel Glück, Tom. Ich fürchte, du wirst es brauchen.«

Du hättest dem Mistkerl am liebsten vors Schienbein getreten, aber das hätte deine Chance auf den Verbleib in der Nationalmannschaft wohl kaum erhöht.

12.16 Uhr. Verdammt! Du starrst auf die verschlossene Tür.

Warten ...

12.23 Uhr. Du starrst noch immer auf die elende Tür. Warum lässt der Trainer dich so lange zappeln? Warum quält er dich so?

Warten ...

12.31 Uhr: Hat er dich vergessen? Ob du mal anklopfen sollst?

Schon hebst du die Hand – doch da geht die Tür auf. Verdutzt schaut der Bundestrainer dich an.

»Da bist du ja, komm rein«, sagt er. »Ich habe gerade noch einen Anruf bekommen. Daher die Verzögerung.«

»Kein Problem«, sagst und knetest nervös deine Hände.

Der Trainer setzt sich hinter einen Tisch, streckt die Füße aus und faltet die Hände vor dem Bauch.

»Setz dich«, fordert er dich auf.

Du gehorchst.

Der Bundestrainer lächelt dich an. »Und?«

»Äh, was *und?*«

»Bist du mit dir zufrieden gewesen im Trainingslager?«

Ach, du Schande. Jetzt sollst du dich auch noch selbst bewerten …

»Ich … ich habe alles gegeben«, antwortest du etwas ausweichend.

Das Lächeln verschwindet. »Ja, das ist richtig. Die Frage aber ist, ob es gereicht hat.«

Du schluckst. Stimmt, genau das ist die alles entscheidende Frage. Deine Schultern sacken herab.

»Tom, du hast dich wirklich voll reingehängt. Das zumindest hat mir und den anderen aus dem Trainerstab sehr gut gefallen«, fährt der Trainer fort. »Ich habe auch bemerkt, dass du ein guter Teamplayer bist. Aber …« Er macht eine Pause.

Genau, das ist das böse Wort: *aber*. Du musst dich beherrschen, um nicht aufzuspringen und einfach rauszurennen.

»… aber ich habe eine schlechte Nachricht für dich.«

Ja klar, und die lautet: Ab nach Hause. WM im Fernsehen, ganz toll …

Dir kommt es vor, als würde sich gerade eine Falltür unter dir öffnen.

»Ja, tut mir wirklich leid, Tom«, sagt der Trainer. »Aber ich muss dir leider mitteilen … dass du deinen Sommerurlaub verschieben musst, und zwar bis nach der WM. Denn du bist dabei!«

Ungläubiges Schweigen, vielleicht zwei oder drei Sekunden. Dann explodierst du förmlich vor Glück. Fast wärst du dem Coach um den Hals gefallen.

Mit einem noch breiteren als dem breitesten Maxi-Heidenreich-Lächeln spazierst du aus dem Raum und informierst erst mal deine besten Freunde und die Eltern über WhatsApp.

Und klar, bei Maxi schaust du auch kurz vorbei. Er tut so, als würde er sich für dich freuen.

Die anderen in der Mannschaft freuen sich wirklich für dich. Du musst versprechen, dass du später noch einen ausgibst.

Weniger gut ist die Stimmung bei Luca – er hat es im Gegensatz zu dir, Maxi und Yannick nicht gepackt. Er hockt auf seinem Bett in dem Zimmer, das ihr euch eilt. Seine Augen sind gerötet.

Du setzt dich neben ihn und legst einen Arm um seine Schultern.

»In zwei Jahren ist die EM«, sagst du leise. »Und dann bist du auch dabei.«

Luca lächelt schwach.

Nur wenige Wochen später fliegt eine Sondermaschine mit der deutschen Nationalmannschaft nach Russland.

Und wer ist dabei, wer sitzt in Reihe 2 neben Yannick? Genau, du bist es!

Du bist unglaublich aufgeregt, lässt dir aber nichts anmerken. Schließlich willst du eine coole Socke sein.

Ihr redet über die anderen Teams, die ebenfalls dabei sind. Gastgeber Russland ist natürlich auch ein Thema.

»Die sind bestimmt top motiviert«, vermutet Yannick. »Nicht nur, weil sie Gastgeber sind, sondern weil ihnen bei der letzten WM 2014 in Brasilien kein einziger Sieg gelang.«

»Echt?«, fragst du. Statistiken sind nicht so dein Ding.

»Yep. Die Russen spielten zweimal unentschieden und verloren ein Mal. Gerade mal zwei mickrige Törchen haben sie geschossen.« Yannick lacht. »Noch schlimmer lief es bei denen allerdings während der EM 2016. Da gab es nur ein Unentschieden gegen England und zwei Niederlagen gegen die Slowakei und Wales. Das hätte wohl kaum jemand vorher gedacht. Die Russen machten einen total zerstrittenen und unmotivierten Eindruck. Also, als Gastgeber werden sie es diesmal bestimmt allen beweisen wollen!«

Du nickst. »Das gilt sicher auch für Brasilien nach der Pleite gegen uns mit dem 1:7. Und Argentinien hat auch noch eine Rechnung offen – die wollen garantiert wieder ins Endspiel und es diesmal auch gewinnen.«

Yannick stupst dich in die Seite. »Gewinnen? Die? Niemals – denn wir holen wieder den Titel!«

Du schweigst. Yannick sprüht nur so vor Optimismus. Doch erst mal müsst ihr die Gruppenphase überstehen.

Eure Gegner scheinen machbar, der Gruppensieg sollte euch gelingen. Nur – wirst du überhaupt eine Sekunde auf dem Feld stehen? Wird dich der Trainer einsetzen? Mann, das wäre so cool!

Aber du weißt, wo dein Platz sein wird, zumindest am Anfang: auf der Ersatzbank. Alles andere wäre völlig unrealistisch.

Du lehnst dich zurück, schließt die Augen und träumst vor dich hin …

Die 89. Minute, es steht 1:1, aber dieses Unentschieden nützt nichts, ihr braucht den Sieg! Da wechselt der Trainer dich ein. Du schnappst dir den Ball und legst ein unglaubliches Solo hin. Der Ball klebt an deinen Schuhen, niemand kann dich stoppen … und dann, dann hämmerst du – ja, du – ihn rein!

Sieg für Deutschland, dank dir!

Mit einem Lächeln auf den Lippen schläfst du ein.

Wenig später landet die Maschine in Russland. Mit einem schicken Bus werdet ihr in euer Luxushotel gebracht, das bereits von Fans belagert wird. Durch ein Spalier von Autogrammjägern schiebt ihr euch in eure Unterkunft. Bereitwillig schreibst du deinen Namen auf T-Shirts, Kappen und Zettel.

Dann bist du in dem riesigen Zimmer, das du dir diesmal mit Yannick teilst. Er feuert seine große Tasche aufs Bett. »Mann, ziemlich nobel hier!« Er grinst: »Aber angemessen für den alten und neuen Weltmeister, würde ich sagen!«

Du verdrehst nur die Augen. »Zunächst mal sollten wir unser erstes Spiel gewinnen.«

Lies weiter auf Seite 16

Nach wie vor halten die Spanier voll dagegen. Du musst zugeben, dass es mitunter eine echte Augenweide ist, denen zuzugucken. Immer wieder müsst ihr energisch dazwischenfunken, um den Ball zu erobern und euer eigenes Spiel aufzuziehen.

Bis zur Pause bleibt es eine sehr ausgeglichene Partie.

Im zweiten Durchgang dreht ihr noch mal auf und erhöht den Druck. Aber auch eure Gegner machen Dampf. Es ist ein ansehnlicher und spannender, aber auch sehr fairer Kick. Das Publikum auf den Rängen geht wunderbar mit.

Du wirst noch offensiver, schaltest dich immer wieder in die Angriffe ein.

In der 77. Minute befindest du dich aber zur Abwechslung mal eher hinten und trabst mit dem Ball auf der Höhe des Anstoßkreises.

Hm, alle Mitspieler sind gut gedeckt.

Nein, halt – jetzt löst sich euer Rechtsaußen von seinem Gegenspieler und rennt los. Mit einem langen Pass könntest du ihn geschickt einsetzen! Aber diese langen Bälle bedeuten auch immer ein ziemliches Risiko ...

Wenn du den risikoreichen, aber vielleicht entscheidenden Pass versuchst, lies weiter auf Seite 81

Wenn du lieber auf Nummer sicher gehst, lies weiter auf Seite 55

Wie an der Schnur gezogen fliegt der Ball auf den Flügel. Der Stürmer nimmt ihn elegant mit, schüttelt seinen Gegner locker ab und dringt in den Strafraum ein.

Jetzt könnte er noch mal querlegen!

»Spiel ab!«, rufst du.

Doch das tut der eigensinnige Typ nicht, er macht was ganz anderes: Er haut die Kugel ganz trocken in die Maschen!

Super, das ist die Vorentscheidung!

Riesenfreude in eurem Team und bei euren Fans. Fußball-Deutschland liegt sich auch in der Heimat in den Armen.

Der Torschütze bekommt natürlich viel Applaus, aber auch du – denn du warst es schließlich, der diesen genialen Pass gespielt hat!

Auch dank deiner Übersicht und Genialität gewinnt ihr dieses Viertelfinale, während der arme Maxi Heidenreich auf der Bank versauerte. Ha!

Lies weiter auf Seite 92

Du ringst mit dir. Es war dein erstes Spiel für die Nationalmannschaft. Na ja, was heißt schon erstes *Spiel?* Es waren bloß ein paar Minuten. Aber auch die waren besonders wichtig für dich. Du hattest dich so darauf gefreut ... aber es wurde eine einzige Enttäuschung. Und wer war schuld? Der Trainer! Denn der hat dich einfach zu spät gebracht, du hattest kaum Gelegenheit, dich auszuzeichnen.

»Ja«, bricht es aus dir heraus. »Ich wäre natürlich gerne früher auf dem Platz gewesen.«

Dann legst du nach und kritisiert auch die Taktik des Trainers: »Wir hätten mehr über die Flügel kommen müssen. Das haben wir von Anfang an viel zu sehr vernachlässigt.«

Der Reporter bedankt sich bei dir für das Interview und du gehst zu den anderen in die Kabine.

Im Vorraum hängt ein Fernseher, vor dem euer Trainer steht. Er wirkt sehr nachdenklich.

»Tom«, sagt er zu dir. »Ich muss mal kurz etwas mit dir besprechen.«

»Kann ich noch schnell duschen?«

»Nein.« Der Bundestrainer zieht dich zur Seite, außer Hörweite der anderen.

»Was hast du dir gerade bei dem Interview gedacht?«, raunzt er dich an. »Kritik an mir oder an Mitspielern kannst du gerne äußern, aber nicht vor laufender Kamera. So etwas wird bei uns intern geklärt.«

»Aber der hat doch gefragt, ob ...«

»Das interessiert mich nicht«, unterbricht der Trainer dich. »Fragen gehört nun mal zum Job eines Reporters. Aber zum Job eines Nationalspielers gehört es, auch mal im richtigen Moment zu schweigen.«

Betreten schaust du zu Boden.

»Wenn jemand wie du ins nächstbeste Mikrofon spricht und meine Arbeit kritisiert, so untergräbt das meine Autorität«, erklärt der Trainer dir. »Stell dir nur mal vor, dass das jeder macht. Jeder quatscht über Strategie und Taktik, jeder Spieler ist plötzlich Trainer. So funktioniert das nicht.«

Jetzt wird dir bewusst, dass du beim Interview einen dicken Bock geschossen hast. Dir schwant nichts Gutes: »Und das heißt?«

Der Trainer verschränkt die Arme vor der Brust. »Das heißt, dass ich dich vorläufig nicht mehr einsetzen werde.«

Bedrückt akzeptierst du das. Was bleibt dir auch anderes übrig?

Aus dem »vorläufig« wird leider dauerhaft. Du spielst beim WM-Turnier keine einzige Minute mehr für Deutschland.

ENDE

»Nein«, sagt der Trainer nach dem Frühstück zu dir. Nur dieses eine Wort: Nein.

Du hattest ihn unter vier Augen gefragt, ob du heute in der Startelf stehst.

Warum?, fragst du dich, während dein Blick zum Fenster schweift, um den Mann, der dich in diesem wichtigen Spiel nicht aufstellen will, nicht ansehen zu müssen.

Der Trainer spürt deine grenzenlose Enttäuschung und ergänzt: »In einem Halbfinale kommt es sehr stark auf Erfahrung an, Tom. Und die hast du nicht. Noch nicht. Deine Stunde wird noch kommen, ganz sicher.«

Du nickst andeutungsweise und gehst.

Den Anstoß verfolgst du also von der Ersatzbank aus. Du sitzt am linken Ende, Maxi Heidenreich am rechten. Ein kleiner Trost: Auch er darf nicht von Anfang an ran. Das gilt heute übrigens auch für Yannick. Der Trainer setzt voll auf die alten Hasen und hat ein sehr kompaktes Team auf den Rasen geschickt.

Und er tut gut daran. Denn schnell wird jedem im Stadion und den Millionen vor den Bildschirmen klar, dass euer heutiger Gegner mit allen Wassern gewaschen ist. Die Italiener sind sehr erfahren und nahezu perfekt aufeinander eingespielt. Zur Routine kommen ein enormes Selbstbewusstsein und eine schon schmerzhafte Robustheit.

Selten lagen die deutschen Nationalspieler so oft am Boden.

Die Gegner sind aber keine Treter, sondern leidenschaftliche Kämpfer, die euch sofort klarmachen wollen, wer der Chef im Ring ist.

Manche Zweikämpfe tun schon beim Zuschauen weh.

»Da gibt es nur eins: voll dagegenhalten«, ruft Yannick, der auch gerne mal einen Gegner über die Klinge springen lässt.

Das Publikum geht begeistert mit, auch wenn das Salz in der Suppe fehlt: die Tore. Die Stimmung ist ein bisschen wie bei einem Boxkampf. Jede gute Aktion wird bejubelt. Und der Schiri findet die Partie offenbar auch ganz spannend – jedenfalls lässt er viel durchgehen.

Es wird ein packendes Spiel, aber die beiden Mannschaften neutralisieren sich, wie es so schön heißt. Und so wundert es auch niemanden, dass es zur Pause 0:0 steht.

In der Kabine schwört euch der Trainer auf das Ziel ein, das Weiterkommen. Doch das ist nicht nötig: Alle sind bis in die Haarspitzen motiviert. Was fehlt, ist der Schlüssel zum Erfolg. Wie soll man gegen diesen defensiv perfekt organisierten Gegner gewinnen?

Der Trainer setzt zunächst auf die einfachste Strategie: weiter so!

Doch da auch der italienische Trainer von seiner Marschroute überzeugt ist, ändert sich in der zweiten Halbzeit zunächst nichts. Die beiden Mannschaften kämpfen um jeden Zentimeter Raumgewinn, Torabschlüsse bleiben aber selten.

Du schmorst weiter auf der Bank – doch bereits in der 52. Minute ändert sich die Situation. Einer eurer Mittelfeldspieler läuft unrund und greift sich immer wieder ans Knie.

Schon gibt der Coach dir und Maxi ein Zeichen, euch warm zu machen. Du machst deine Dehnübungen und spürst dabei plötzlich ein leichtes Ziehen in der rechten Wade. Komisch … beim Abschlusstraining war noch alles okay.

Keine drei Minuten später ist es so weit – dein Kollege muss runter und ein neuer Mann kommt aufs Feld. Und das bist … du!

Rasch gibt der Trainer dir noch ein paar Anweisungen: »Du übernimmst positionsgetreu, wirst aber offensiver agieren.«

Super, das ist doch Musik in deinen Ohren.

Während Maxi kopfschüttelnd dort Platz nimmt, wo er deiner Meinung nach hingehört (nämlich auf der Ersatzbank), betrittst du den Rasen.

Das Spiel bleibt zunächst ausgeglichen, doch ab der 65. Minute erhöht ihr den Druck – was auch an dir liegt, weil du es bist, der vorangeht. Dank deiner Spielübersicht und deiner genauen Pässe drängt ihr die Italiener tief in deren Hälfte.

Doch du spürst immer wieder deine rechte Wade. Anfangs hast du geglaubt, dass du den Schmerz rauslaufen kannst, doch dem ist nicht so.

Und jetzt? Sollst du dich schon wieder auswechseln lassen?

Nein, niemals! Nicht in diesem so wichtigen Spiel!

Während du diesen Entschluss fasst, starten die Italiener einen Angriff. Über zwei Stationen landet der Ball im Mittelfeld bei deinem direkten Gegenspieler. Der schaltet den Turbo ein und lässt dich stehen.

Mist!

Falls du trotz der Warnsignale aus der Wade ebenfalls den Turbo zündest, lies weiter auf Seite 48

Wenn du dich lieber zurückhältst und hoffst, dass ein Mitspieler die Situation bereinigt, lies weiter auf Seite 98

Gezockt wird in dem Zimmer, in dem Olli und ein anderer Spieler, der ebenfalls nicht zur Stammelf gehört, schlafen. Außerdem sind noch zwei weitere Ersatzspieler dabei. Luca aber hat abgelehnt.

Schon geht es los. Du hast bereits öfter gepokert und bist ziemlich fit, wenn es darum geht, zu bluffen.

Bis Mitternacht hast du eine Menge Kohle verdient.

Jetzt willst du mit deinem Gewinn abdüsen und schlafen gehen.

Doch Olli ist regelrecht entrüstet: »Nee, mein Lieber, so läuft das nicht. Erst die Kohle einsacken und dann einfach abzischen. Das ist nicht fair. Lass uns noch eine Runde spielen. Morgen ist doch nur ein bisschen Training.« Er lacht bitter. »Und ich habe sowieso keine Chance auf einen Einsatz von Beginn an – an einem Welttorhüter kommt man schließlich nicht so schnell vorbei.«

Okay, so spät ist es ja auch noch nicht. Also spielst du weiter. Es wird ein Uhr, dann zwei, dann drei. Erst um vier Uhr taumelst du ins Bett. Luca schläft natürlich schon.

Das Erwachen am Morgen ist verdammt hart. Du bist völlig übermüdet. Aber es kommt noch dicker. Euer Trainer hat nämlich Wind von eurer Pokerparty bekommen.

»Das ist völlig unprofessionell von euch«, sagt er zu dir und den anderen. »Ihr seid in einem Trainingslager und nicht in einem Casino. Wie wollt ihr Leistung auf den Platz bringen, wenn ihr die halbe Nacht gezockt habt? Ihr alle seid raus aus dem Team.«

Du bist völlig am Boden zerstört. Dein Traum ist ausgeträumt. Wie konntest du nur derart dumm sein?

ENDE

Du dringst in den Strafraum ein, täuschst links an und willst rechts am Torwart vorbei, aber der fährt die Gräte aus und erwischt dich am Knöchel.

Der Schmerz ist heftig, du knallst zu Boden und bleibst einen Moment liegen.

Klarer Elfer!, bist du überzeugt. Auch deine Mitspieler fordern zu Recht einen Strafstoß, während der Keeper dir eine Schwalbe unterstellt.

Der Schiri hat tatsächlich gepfiffen und du freust dich: Jetzt gibt's den Elfer!

Oder auch nicht! Denn der Schiri hat offenbar Tomaten auf den Augen – der pfeift Freistoß für die Belgier und macht dir klar, dass du bei der nächsten unfairen Aktion wie dieser angeblichen Schwalbe vom Platz fliegst. Denn Gelb hast du ja bereits.

Du kannst es nicht fassen! Doch du beherrschst dich, weil du weißt, dass das ganze Reklamieren nichts bringen wird.

Lies weiter auf Seite 33

Du bleibst wie Yannick im Hotel und lässt Olli und wen auch immer Party machen.

Als du im Bett liegst, kommst du dir zwar ein bisschen sehr brav und angepasst vor, aber tief im Inneren weißt du, dass du die richtige Entscheidung getroffen hast.

Zum einen könnte es ja sein, dass der Abend auf der Kneipenmeile irgendwie aus dem Ruder gelaufen wäre. Zum anderen findet es der Trainer garantiert nicht komisch, wenn ihr während des Turniers heimlich auf Tour geht.

Mit diesen Gedanken schläfst du ein und bist am nächsten Morgen topfit – im Gegensatz zu Olli, der einen Mordskater zu haben scheint. Zu seinem Glück bekommt der Coach das nicht mit. Sonst hätte er ihn bestimmt aus dem Kader gestrichen.

Lies weiter auf Seite 35

Du nimmst wieder deine Position im defensiven Mittelfeld ein, bleibst ruhig und konzentriert, haushaltest aber auch klug mit deinen Kräften.

Irgendwann, so deine Hoffnung, wird euch ein Treffer gelingen – je später, desto besser, denn dann hat die Terrier-Truppe kaum noch die Chance zum Ausgleich.

Es wird ein zähes Ringen, das nicht besonders ansehnlich für die Zuschauer ist. Aber die Spannung ist hoch, denn auch die Fans ahnen, dass der erste Treffer das Spiel entscheiden wird.

Es läuft bereits die 85. Minute und die Ersten im Stadion haben sich bereits auf die Verlängerung eingestellt.

Murks!, denkst du. Auch wenn ihr in der Verlängerung oder im Elfmeterschießen weiterkommt, so werdet ihr eine Menge Kraft lassen, die euch im Viertelfinale fehlen wird.

Die 89. Minute: Du spielst mal wieder den Staubsauger vor der Abwehr, fängst einen schlampigen Pass der Terrier-Truppe ab. Und dann hast du die zündende Idee: Du schlägst einen genauen Pass über 30 Meter zum linken Außenstürmer, der seine letzten Kräfte mobilisiert und den Ball scharf ins Zentrum flankt. Dort muss euer Mittelstürmer nur noch die Fußspitze hinhalten: Das ist das 1:0!

Yes!!! Ihr jubelt überschwänglich, werdet aber sogleich vom Trainer durch Gesten ermahnt, cool zu bleiben und das Ding nach Hause zu schaukeln.

Das gelingt euch auch! Ihr steht im Viertelfinale – und du hast daran einen großen Anteil gehabt.

Lies weiter auf Seite 118

Was für ein Wahnsinn – jetzt seid ihr schon im Halbfinale! Okay, man hat dem deutschen Team auch bei dieser WM eine Menge zugetraut. Immerhin seid ihr ja der Titelverteidiger. Zudem hat Deutschland schon oft gezeigt, dass es eine typische Turniermannschaft ist, die sich von Spiel zu Spiel steigern kann, und so war es auch diesmal. Trotzdem: Ins Halbfinale einer WM muss man es erst mal schaffen!

Nach dem täglichen Training sitzt du mit Yannick und ein paar anderen Spielern im Tischtennisraum zusammen, wo du gerade ein Doppel gewonnen hast.

Morgen steht das Spiel an, morgen geht es darum, ins Finale vorzustoßen.

»Mann, das wäre ein Traum«, sagt Yannick.

»Allerdings«, stimmst du ihm zu. »Aber vorher müssen wir die Italiener schlagen, sonst spielen wir um den dritten Platz beziehungsweise die goldene Ananas.«

Maxi Heidenreich, der etwas abseits sitzt, aber offenbar die Ohren gespitzt hat, lächelt überheblich. »Das schaukeln wir schon, Jungs.«

Euer Torhüter schaut ihn mit gerunzelter Stirn an: »Wir? Bist du dir sicher, dass der Trainer dich überhaupt bringt?«

»Wenn es nur um Leistung geht, dann müsste er das tun«, prahlt Maxi.

Dir wird gleich schlecht. Was für ein Angeber!

»Schalt mal einen Gang runter«, mahnt der Keeper und erntet zustimmendes Nicken, und zwar nicht nur von dir.

Maxi presst die Lippen aufeinander und schweigt.

Euer Torwart verschränkt die Arme hinter dem Kopf. »Das war

schon Wahnsinn, das letzte Halbfinale bei der WM in Brasilien«, schwärmt nun auch er. »Nach 29 Minuten stand es schon 5:0 für uns. Erst Müller, dann Klose, zweimal Kroos und schließlich Khedira!«

»Ja«, stimmt einer der anderen alten Hasen zu. »Und nach der Pause noch der Doppelpack von Schürrle. Genial! Aber so etwas ist einmalig, das kann man nicht wiederholen, fürchte ich.«

»Ein 1:0 würde mir schon reichen«, sagst du lachend.

»Klar«, meint euer Keeper. »Hauptsache, es gibt keine kräftezehrende Verlängerung oder ein Elfmeterschießen wie damals im zweiten Halbfinale zwischen Argentinien und Holland. Mann, das konnte man kaum mit ansehen, das war ein echter Gruselkick …«

»… mit dem glücklichen Ende für Argentinien«, erinnerst du dich. 2014 warst du noch ein Teenie und hast mit deinen Freunden an der Glotze mitgefiebert!

»Richtig«, ruft euer Torwart. »Und so kam es zur Neuauflage der WM-Finale von 1986 und 1990. Die Argentinier waren vor vier Jahren vom Trainer seltsam defensiv und destruktiv eingestellt. Dabei hatten die doch einen Messi im Kader! Na ja, uns konnte das nur recht sein.«

Ihr redet noch ein wenig weiter über die längst vergangenen Tage. Nach einem guten Abendessen zieht ihr euch jedoch bald zurück. Jeder haut sich früh hin, denn alle wollen morgen topfit sein.

Lies weiter auf Seite 84

Achtelfinale. Jetzt geht es zur Sache. Alles oder nichts. Siegen oder heimfahren.

Und du stehst in der Startelf, für den verletzten Thorben Schmidt. Einfach Wahnsinn!

Als die Nationalhymne erklingt, läuft dir ein Schauer über den Rücken. Deine Augen wandern durch das vollbesetzte Stadion. Du siehst und hörst die Begeisterung. Die Fans eures heutigen Gegners Chile sind noch lauter als die deutschen.

Noch.

Ihr wollt dafür sorgen, dass ihre Jubelgesänge verstummen.

Aber das wird ein harter Gang, das ist dir klar. Eure Gegner sind äußerst zweikampfstark und robust. Als würde man ein Rudel Terrier von der Leine lassen. Sie haben in der Vorrunde nicht besonders einfallsreich gespielt, sie haben nicht gezaubert, sondern Ergebnisfußball abgeliefert. Hinten dichtmachen und vorne hilft der liebe Gott. Nur zwei Tore hat die Terrier-Truppe erzielt, aber sieben Punkte ergattert. Auch eine Leistung. Nicht wirklich schön, aber enorm effektiv. Leider ist diese Spielweise inzwischen bei vielen Teams äußerst beliebt. Das habt ihr in eurer Vorrundengruppe ja auch schon erlebt. Und Portugal wurde mit dieser Art, Fußball zu spielen, sogar Europameister.

Ihr seid also gewarnt.

Eure Gegner haben Anstoß. Wie erwartet lassen sie den Ball in ihren eigenen Reihen zirkulieren. Kontrolle ist angesagt. Fünf Stationen, sechs, sieben, acht. Rückpass zum Keeper. Neuaufbau bis zur Mittellinie.

Ihr schaut euch das eine Weile an, dann verliert ihr die Geduld mit diesem Antifußball: Ihr beginnt sehr früh zu attackieren, spielt ein aggressives Pressing und lasst den Gegner gar nicht erst über die Mittellinie kommen.

Du brennst vor Ehrgeiz, willst allen zeigen, dass du ein würdiger Vertreter von Thorben bist. Du kämpfst um jeden Zentimeter, setzt immer wieder nach, gibst keinen Ball verloren.

Doch das kostet dich eine Menge Kraft.

Nach einem energischen Sprint fragst du dich, ob du dieses Pensum wirklich über 90 Minuten abspulen kannst oder nach einer Stunde völlig kaputt bist.

Wenn du weiter Vollgas gibst, lies weiter auf Seite 106

Wenn du dich ein wenig zurücknimmst, um Kraft zu sparen, lies weiter auf Seite 43

Du umkurvst den Keeper, der sich dir vor die Beine wirft. Der Winkel ist ziemlich spitz, aber du schaffst es, der Kugel im Fallen die entscheidende Richtung zu geben. Während du zu Boden gehst, siehst du, wie der Ball ins Tor rauscht!

Jaaaaaaaaaa!!! Das ist das 1:0, die Führung!

Ein Orkan der Begeisterung fegt durchs Stadion. Du stehst auf, um die Glückwünsche entgegenzunehmen.

Doch was ist das? Der Schiri schüttelt den Kopf, er gibt den Treffer nicht!

Aber warum? Warum?? Waruuuuuuum???

Der Kerl will irgendwo ein Foul von dir am Torwart gesehen haben! Niemals! Du beschwerst dich, kämpfst um deinen Treffer, aber der Schiedsrichter lässt sich erwartungsgemäß nicht umstimmen.

Dir wird das Tor geklaut, was für eine Tragödie! Du kochst vor Wut, aber was kannst du schon machen?

Lies weiter auf Seite 33

»Gute Frage«, antwortest du und kratzt dich am Hinterkopf. »Offen gesagt blicke ich da auch nicht durch.«

Der Reporter nickt und bedankt sich für das Gespräch.

Wenig später läuft sein Beitrag im Fernsehen. Darin sagt er, dass in der Nationalmannschaft offenbar Verwirrung über die Aufstellung und die taktische Ausrichtung herrscht. Als Beleg zitiert der Reporter dich. Du schlägst die Hände über dem Kopf zusammen. Muss der Typ derart übertreiben?

Es dauert keine Viertelstunde, bis sich der Trainer dich vorknöpft.

Er bebt vor Wut. »Die Mannschaftsaufstellung bleibt immer bis zum letzten Moment geheim, damit sich der Gegner nicht so leicht auf uns einstellen kann, oder?«, fragt er dich.

»Äh, eigentlich schon«, murmelst du.

»Genau, und deshalb frage ich mich, wieso du ins erstbeste Mikrofon tönst, dass du der Ersatz für Thorben sein wirst. Und damit nicht genug: Du erzählst dem Pressemann auch noch, dass du nicht verstehst, warum du nun im defensiven Mittelfeld spielen sollst. Wie stehe ich denn jetzt da, Tom?«

Du wirst auf deinem Stuhl immer kleiner. Der Trainer hat ja so recht! Doch diese Einsicht kommt zu spät, denn der Coach streicht dich aus dem Team.

Aber damit nicht genug: Für dich wird Maxi Heidenreich eingesetzt. Und der eingebildete Typ macht seine Sache richtig gut und wird dafür mit Lob überschüttet!

ENDE

Nein, lieber vorsichtig sein. Du schreist über den halben Platz, dass jemand deinen Gegenspieler übernehmen muss, aber das ist völlig überflüssig – denn deine erfahrenen Kollegen haben die Situation längst im Griff: Einer der Abwehrspieler fährt dem Gegenspieler wuchtig in die Parade und trennt ihn hart, aber fair vom Ball.

Puh, das ging gerade noch mal gut!

Danach baut ihr das Spiel ruhig auf, die Kugel landet wieder bei dir. Du beschleunigst vorsichtig und hast das Gefühl, dass das Ziehen in der Wade langsam nachlässt.

Kannst du den Schmerz etwa doch rauslaufen?

Du spielst ab und orientierst dich weiter nach vorn. Dabei merkst du, dass es wirklich immer besser wird.

Die nächsten Minuten bleibst du noch vorsichtig und hältst dich zurück. Ab der 75. Minute bist du aber völlig schmerzfrei und haust dich wieder voll rein.

Du machst ein gutes Spiel, bist Dreh- und Angelpunkt. Deine Mitspieler suchen dich und du setzt sie geschickt ein.

Doch es nützt alles nichts: Auch nach 90 Minuten steht es noch 0:0. Es geht in die Verlängerung. Das hattet ihr eigentlich vermeiden wollen.

In der kurzen Pause kommt der Trainer zu euch aufs Feld und muntert euch auf: »Ihr habt ein tolles Spiel abgeliefert. Und jetzt belohnt ihr euch mit dem Siegtreffer!«

Ihr nickt, trinkt etwas und dehnt euch gegenseitig. Einige haben bereits Krämpfe.

Der Coach wechselt aus, bringt zwei offensive Leute. Maxi gehört nicht dazu. Auch wenn der Typ nun wirklich nicht dein

Freund ist: Es wäre vielleicht gar nicht so schlecht gewesen, ihn zu bringen, findest du. Denn Maxi mag menschlich gesehen ein absoluter Vollpfosten sein, aber als Fußballer ist er einfach gut – und er hätte noch ein paar offensive Impulse geben können (abgesehen von dir natürlich). Doch der Trainer wird schon wissen, warum er Maxi draußen gelassen hat.

Vielleicht, so denkst du, ist es wegen Maxis fehlender Erfahrung ...

Wie dem auch sei: Jetzt ist euer Auswechselkontingent erschöpft, jetzt darf sich niemand mehr verletzen. Wer noch auf dem Platz steht, muss bis zum Ende durchhalten.

Der Schiri gönnt euch nicht viel Zeit, sondern pfeift die Verlängerung an.

Begleitet von den fantastischen Fans bleibt es ein enges Spiel. Kein Team kann sich entscheidende Vorteile erspielen und so steht es auch nach 120 Minuten immer noch 0:0.

Elfmeterschießen.

Wieder kommt der Trainer zu euch auf den Platz. Ihr seid völlig kaputt, doch das Adrenalin pumpt durch eure Adern. Der Trainer schaut euch der Reihe nach prüfend an und fragt, wer bereit ist, Verantwortung am Elfmeterpunkt zu übernehmen.

Wenn du dich als Schütze meldest, lies weiter auf Seite 57

Wenn du dem Blick des Trainers ausweichst, lies weiter auf Seite 71

Nein, im letzten Moment kannst du dich beherrschen: Du hältst dich zurück, auch wenn es dir verdammt schwerfällt. Du darfst die Gesundheit eines Mitspielers oder Gegners nicht gefährden.

Also lässt du den großen Star brav ziehen. Leider gelingt dem Typ auch noch ein Tor. Für einen Moment überlegst du, ob es nicht doch besser gewesen wäre, ihn irgendwie zu stoppen, doch im nächsten Augenblick überwiegt wieder die Vernunft. Das hier ist ein Fußballplatz und kein Boxring.

Das Spiel endet unentschieden. Du bist ganz zufrieden mit deiner Leistung. Vom Bundestrainer bekommst du jedoch kein Lob ...

Ob du dich richtig einschätzt? Hast du ihn überzeugt? Oder war Maxi besser? Dem sind zwei Tore geglückt, dir nur eins. Hm ...

Der Trainer lässt sich nicht in die Karten schauen. Es ist sicher auch noch zu früh für eine Einschätzung.

Nach dem Abendessen ist Freizeit angesagt. Du gehst erst in das Zimmer, das du dir mit Luca teilst, und beantwortest einige Nachrichten bei Facebook und WhatsApp. Natürlich wollen auch deine Eltern wissen, wie der erste Tag für dich gelaufen ist.

Kurz darauf steckt Ersatzkeeper Olli die Nase zur Tür herein: »He, habt ihr Bock auf eine kleine Zockerrunde?«

»Was spielt ihr denn?«, fragst du.

»Poker. Aber um Kohle«, sagt Olli und lacht.

Wenn du dabei bist, um nicht als langweilig zu gelten, lies weiter auf Seite 87

Wenn du dich lieber ganz auf den Sport konzentrierst, lies weiter auf Seite 54

»Wissen Sie, ich bin Spieler, nicht Trainer – ich spiele dort, wo der Trainer mich aufstellt. Wenn Sie Fragen zur Taktik haben, wenden Sie sich an den Coach«, sagst du.

Der Reporter nickt und beendet das Interview. Du läufst in die Kabine und springst unter die Dusche.

Beim zweiten Vorrundenspiel steht ihr natürlich mächtig unter Druck. Wenn ihr das vergeigt, könnt ihr nach Hause fahren. Auch ein Punkt ist mit ziemlicher Sicherheit zu wenig. Also: Ein Sieg muss her!

Euer nächster Gegner ist im Gegensatz zu euch nicht im Soll, weil er sein erstes Spiel gewonnen hat. Nur mit 1:0, nur mit einem müden und dreckigen Arbeitssieg, aber immerhin mit einem Sieg. Denen reicht vermutlich ein Unentschieden. Sie haben eine bärenstarke Abwehr und wie ihr einen guten Torwart. In der Defensive liegen ganz klar die Stärken. Keine Frage: Das wird eine harte Nuss.

Wieder ist das Stadion bis auf den letzten Platz gefüllt. Du findest dich erwartungsgemäß auf der Bank wieder. Doch beim Abschlusstraining hat der Coach dich noch mal ausdrücklich gelobt. Du rechnest dir gute Chancen aus, eingewechselt zu werden. Aber zunächst einmal sollen die erfahrenen Spieler für die Führung sorgen.

Ihr beginnt ausnahmsweise mit zwei Stürmern, macht auch gleich mächtig Druck und schnürt den Gegner in der eigenen Hälfte ein.

Mit der von euch erwarteten Härte und Kompromisslosigkeit hauen eure Gegner dazwischen. Der Schiri hat eine Menge zu tun. Schon nach zehn Minuten zeigt er die erste Gelbe Karte. Bis zur 25. Minute folgen drei weitere Verwarnungen.

Du fieberst auf der Bank mit und siehst in der 31. Minute einen wunderschönen Angriff. Schmidt lupft den Ball in die Schnittstelle zwischen den Innenverteidigern, euer Mittelstürmer ist bereits in die Gasse gestartet, nimmt die Kugel elegant mit links an, legt sie sich auf den rechten Schlappen und zieht ab: Was für ein Strahl! Rechts oben in den Knick, das ist die Führung für Deutschland!

Du springst auf und die anderen folgen deinem Beispiel. Das 1:0, das erste Tor für Deutschland bei dieser WM – und was für eins! Riesiger Beifall von den Rängen.

Der Trainer mahnt mit großen Gesten zu Ruhe und Vorsicht. Er verlangt weiter volle Konzentration.

Deutschland zieht sich jetzt auf Anweisung des Trainers zurück, ist um Spielkontrolle bemüht.

Das gefällt dir persönlich nicht so gut. Warum versucht ihr nicht, nachzulegen? Ein 2:0 vor der Pause, das würde die Nerven beruhigen. Das Team hält sich an die Marschroute und bringt das 1:0 locker in die Halbzeitpause.

In der Kabine gibt es jede Menge Lob vom Trainer für die gute Leistung. Aber erneut warnt er euch: »Die werden in der zweiten Halbzeit ein anderes Gesicht zeigen, die werden auf den Ausgleich drängen. Und darin liegt unsere Chance: Wir lauern auf Konter und machen den Sack zu!«

Schmidt beginnt gegen den Spind zu bollern und die anderen stimmen mit ein. So kennst du das auch von deinem Bundesligaverein, dem ruhmreichen FC. Dieses Getrommel ist irrsinnig laut und megacool.

Dann geht es wieder raus auf den Platz, wo euch euer Gegner bereits erwartet. Du musst leider noch einmal auf die Ersatzbank.

Der Schiri pfeift zur zweiten Hälfte.

Wie vom Trainer vorhergesagt, macht die andere Mannschaft Druck. Jetzt seid ihr es, die zurückgedrängt werden.

Nach einer Stunde nimmt der Trainer einen eurer beiden Stürmer runter und bringt einen weiteren Abwehrspieler – und zwar deinen Kumpel Yannick. Der Trainer stellt auch taktisch um: von 4-4-2 auf 5-4-1. Es sieht ganz so aus, als wolle er die knappe Führung über die Zeit bringen. Wenn das mal funktioniert ...

Yannick macht sich sehr gut, er fügt sich nahtlos in das neue Defensivkonzept ein. Ihr spielt ein aggressives Pressing, was eine Menge Kraft kostet, zumal eure Gegner nicht nachlassen und euch unaufhörlich attackieren. Vor allem eure Mittelfeldspieler wirken erschöpft. Das erkennt auch der Trainer und gibt dir und Maxi ein Zeichen. Er plant wohl eine Doppeleinwechslung! Ausgerechnet Maxi soll an deiner Seite den Platz betreten ...

Der Trainer redet auf euch ein: »Ihr werden beide defensiv agieren. Kein Risiko, keine Alleingänge. Klar?«

Maxi nickt brav: »Klar, Trainer.«

Du schweigst. Denn du würdest es besser finden, wenn ihr den Gegner offensiv angeht, ihn mehr beschäftigt und ihm nicht so viel Raum gebt.

Wenn du dich an die taktische Marschroute hältst, lies weiter auf Seite 26

Wenn du dir ein paar Freiheiten herausnimmst, lies weiter auf Seite 49

Du versuchst den Gegenspieler auszuwackeln und hoffst, dass er zu Boden geht, um dir den Ball mit einem langen Bein abzunehmen. Doch diesen Gefallen tut dir der Typ nicht. Er bleibt ganz ruhig. Offenbar kommt dem Mann, der bereits über 30 Jahre alt ist, seine langjährige Erfahrung zugute.

Du täuschst nach links an und willst rechts an ihm vorbeiziehen. Doch genau damit hat dein Gegner gerechnet und fährt die linke Gräte aus. Schon ist der Ball weg. Der Typ hat dich abgekocht – wie dämlich von dir! Du Anfänger!

Schon hörst du einen Mitspieler schimpfen: »Warum spielst du nicht ab, verdammt noch mal?«

Du hebst entschuldigend die Hände und jagst dem gegnerischen Abwehrspieler hinterher, der einen Konter einleitet. Der wird jedoch von euren aufmerksamen Verteidigern abgefangen.

Lies weiter auf Seite 79

Das ist ein K.-o.-Spiel, hier gibt es keine Pausen, keine Zeit zum Durchschnaufen. Du schonst dich also weiterhin keine Sekunde, kämpfst und rackerst.

Aber schon nach vierzig Minuten – es steht immer noch 0:0, obwohl ihr gefühlt 90 Prozent Ballbesitz habt – merkst du, dass du es übertreibst. Deine Muskeln beginnen zu brennen, dein Atem geht stoßweise. Zum Glück ist kurz danach Pause.

Doch auch diese Viertelstunde reicht nicht, um dich voll regenerieren zu lassen.

In der zweiten Halbzeit haust du dich weiter voll rein, aber allmählich wird jede Aktion zur Qual.

Der Trainer erkennt, dass du bereits nach 65 Minuten am Limit bist, und holt dich vom Platz.

O nein, zu gern hättest du noch weitergespielt! Und dann kommt auch noch Maxi Heidenreich für dich rein!

»Gut gemacht«, sagt der Coach zu dir, als du zur Bank trabst. Deine Mitspieler klatschen dich ab, aber auch das muntert dich nicht auf. Du bist einfach maßlos enttäuscht, dass dich der Trainer so früh ausgewechselt hat. Aber natürlich ärgerst du dich auch darüber, dass du dir deine Kräfte nicht richtig eingeteilt hast.

Dass der Trainer recht gehabt hat mit deiner Auswechslung, stellt sich kurz darauf heraus: Denn es ist niemand anders als Einwechselspieler Maxi Heidenreich, der mit einem klugen Pass das 1:0 für euch einleitet. Dabei bleibt es, ihr steht im Viertelfinale!

Lies weiter auf Seite 118

»Jungs, das war nichts, bleibt cool«, ermahnst du deine Mitspieler. »Sonst seht ihr noch eine Karte.«

Einen besonders wütenden Abwehrrecken ziehst du mit einiger Mühe vom Tatort weg.

Die Situation beruhigt sich, ihr bekommt einen Freistoß und das Spiel geht weiter.

Kurz vor dem Seitenwechsel ergatterst du den Ball in zentraler Position, dein Gegenspieler rutscht aus und du hast plötzlich freie Bahn. Mit großen Schritten stürmst du auf den Keeper zu!

Und jetzt?

Wenn du bis zum letzten Moment warten und ihn ausspielen willst, lies weiter auf Seite 96

Wenn du mit voller Geschwindigkeit auf ihn zuläufst und versuchst einen Elfmeter herauszuholen, lies weiter auf Seite 88

Du willst nicht auch als braver Streber gelten. Also sagst du: »Wohin soll's denn gehen?«

Olli zuckt nur mit den Schultern. »Wir nehmen um zehn Uhr ein Taxi in die Innenstadt.« Dann setzt er eine Verschwörermiene auf und flüstert dir zu: »Aber halt dich bedeckt. Der Trainer muss das nicht wissen. Der macht sich sonst nur Sorgen um ein Küken wie dich.«

Du verziehst das Gesicht. Küken? Was soll denn das heißen? Ach, was soll's. Hauptsache, du bist dabei!

Zuerst gehst du mit Yannick auf euer Zimmer.

»Ich weiß nicht, ob das so eine gute Idee ist«, meint dein Kumpel zu dir.

»Ach, morgen ist doch erst um zehn Uhr Training«, erwiderst du. »Bestimmt sind wir um eins zurück. Man muss schließlich auch mal abschalten. Komm doch auch mit!«

Aber Yannick bleibt bei seiner Linie und haut sich lieber in die Falle. »Party machen kann ich auch nach der Weltmeisterschaft«, meint er.

Na schön, denkst du und verlässt um Punkt zehn Uhr das Hotel. Im Foyer bemerkst du Maxi, der irgendetwas mit der hübschen Frau an der Rezeption bespricht. Er schaut kurz zu dir, dreht sich aber gleich wieder weg. Du tust so, als hättest du ihn nicht gesehen, und verlässt das Hotel. Dabei hast du das unangenehme Gefühl, dass Maxi dir nachschaut.

Draußen triffst du Olli.

»Wo sind die anderen?«, fragst du ihn.

»Die hatten doch keine Lust. Was für Langweiler!«, sagt der Ersatztorhüter lachend.

Schon braust ein Taxi heran und ihr steigt ein. Olli nennt irgendeine Adresse und der Fahrer beschleunigt.

Wenig später seid ihr auf der Partymeile der Stadt. Bar reiht sich an Bar.

Echt krass, hier steppt der Bär, denkst du vergnügt.

Das Taxi hält vor einem nobel aussehenden Club. Olli bezahlt den Fahrer und ihr steigt aus.

Der Ersatzkeeper geht voran und betritt den Schuppen.

Halleluja – das ist ja der Hammer! Der Laden ist megacool. An den kahlen Waschbetonwänden prangen kunstvolle Graffitis und riesige Spiegel, die das Licht der Scheinwerfer reflektieren. Die Bässe wummern. Das Publikum ist sehr jung und top gestylt. Jeder hat einen Drink in der Hand.

Olli besorgt euch auch etwas zu trinken – es handelt sich um ein buntes hochprozentiges Zeug.

Na ja, einen Drink wirst du schon noch vertragen ...

Der Ersatzkeeper kommt mit einigen freundlichen Leuten ins Gespräch. Als klar wird, dass zwei deutsche Nationalspieler in diesem Club sind, werdet ihr gleich umringt.

Man fragt euch, wie euch Russland gefällt, ob ihr mit dem bisherigen Verlauf des Turniers zufrieden seid und so weiter. Außerdem gibt man euch noch einen Drink aus. Du willst eigentlich auf Cola umsteigen, doch da erntest du nur ungläubiges Kopfschütteln.

Schon hast du das nächste Getränk in der Hand. Wieder schön bunt und schön heftig.

Mann, das Zeug geht wirklich ins Blut. Und in den Kopf. Du bist plötzlich verdächtig locker drauf. Eine halbe Stunde später findest du dich auf der Tanzfläche wieder. Die Leute feuern dich an und klatschen.

Was für ein Abend! Du fühlst dich sauwohl und lässt dich zu weiteren Drinks einladen.

Erst um drei Uhr morgens taumelst du mit dem fröhlichen Olli aus dem Club. Ihr winkt ein Taxi heran und lasst euch ins Mannschaftsquartier kutschieren. Kichernd fällst du ins Bett.

Das Erwachen ist hart. Dein Schädel brummt, dir ist schlecht. Als du Yannick vorjammerst, wie mies es dir geht, meint er nur: »Selbst schuld. Ich habe dich gewarnt.«

Dir graut vor dem Training um 10 Uhr. Aber dazu kommt es gar nicht. Denn nach dem Frühstück bittet dich der Trainer zu einem Vier-Augen-Gespräch.

Ups, was kommt denn jetzt?, denkst du besorgt.

»Du siehst furchtbar aus«, sagt der Coach zu dir.

»Äh, danke«, erwiderst du, weil dir nichts Besseres einfallen will.

»Kann das damit zu tun haben, dass du gestern um 22 Uhr das Hotel verlassen hast?«, fragt der Bundestrainer.

Mist, er hat es doch mitbekommen!, durchfährt es dich. Zugleich hast du einen Verdacht: Maxi Heidenreich hat dich angeschwärzt!

»Und kann es auch damit zu tun haben, dass du erst um drei Uhr morgens angetrunken wieder zurückgekehrt bist?«, setzt der Trainer die Anklage fort, während du auf dem Stuhl immer kleiner wirst.

»Tom, so leid es mir für dich tut, aber du bist raus aus der

Nationalmannschaft. Ich kann keine Spieler gebrauchen, die sich derart unprofessionell verhalten und während des Turniers auf eine Kneipen- und Sauftour gehen.«

Du versucht alles, um den Bundestrainer noch umzustimmen, doch es ist umsonst.

ENDE

Als das Training beendet ist, wagst du dich noch auf dem Platz an euren Coach heran.

»Haben Sie einen Moment Zeit?«, beginnst du vorsichtig.

»Klar, Tom«, erwidert er lächelnd. »Was gibt es denn?«

Seine freundliche Art macht dich mutiger.

»Na ja, meine Leistungen waren doch zuletzt richtig gut, oder?«, sagst du. Aus dem Augenwinkel bemerkst du, dass Maxi dich beobachtet. Dir wird heiß und du fühlst dich ertappt, obwohl du doch eigentlich gar nichts Verbotenes tust.

Abwartend schaut der Trainer dich an. »Ja ...«, sagt er gedehnt. »Das kann man schon sagen.«

Jetzt bist du es, der lächelt. »Freut mich, dass Sie das so sehen.«

»Komm bitte zur Sache, Tom«, verlangt der Trainer.

»Äh, ja, natürlich«, stammelst du. »Also, wenn auch Sie der Meinung sind, dass ich gute Leistungen bringe, dann könnten Sie mich doch mal von Anfang an aufstellen.«

Jetzt ist es raus! Wieder schaust du kurz zu Maxi. Er durchbohrt dich förmlich mit seinen Blicken. Wie gut, dass er zu weit weg ist, um etwas zu hören.

»Tom, wenn ich dich von Anfang an aufstelle, muss ich einen anderen Spieler aus der Startelf streichen«, sagt der Trainer mit Bedacht. »Wer sollte das deiner Meinung nach sein? Wer war im letzten Spiel so schlecht, dass er keinen weiteren Einsatz in der Startelf verdient hat?«

»So habe ich das doch nicht gemeint!«, rufst du.

»Doch, denn das ist die Konsequenz, wenn du einen Platz im Mittelfeld forderst. Dafür muss schließlich ein anderer weichen«, erwidert der Trainer hart.

»Gerade im letzten Gruppenspiel haben alle, die ich aufgestellt habe, alles gegeben. Keiner hat sich geschont und niemand hat schlecht gespielt. Oder?«

Betreten nickst du. Du ahnst, dass du gerade einen ziemlichen Fehler gemacht hast.

»Außerdem stelle ich das Team auf und nicht du, Tom, und ...«

»Natürlich!«, sagst du schnell.

»Lass mich ausreden«, verlangt der Coach. »Meinst du nicht, dass ich in der Lage bin, euch richtig einzuschätzen und die beste Elf auf den Platz zu schicken?«

»Doch ...«, sagst du kaum hörbar.

»Genau so ist es. Außerdem verbitte ich mir solche Einmischungen. Kannst du dir vorstellen, was hier los wäre, wenn jeder anmarschiert kommt und einen Platz in der Startelf verlangt?«

Jetzt sagst du gar nichts mehr.

»Deshalb bekommst du jetzt eine kleine Denkpause, Tom«, sagt der Trainer. »Ich streiche dich für das Achtelfinale. Vielleicht bekommst du im Viertelfinale wieder eine Chance – falls wir uns überhaupt dafür qualifizieren.«

Mit diesen Worten lässt er dich stehen. Du bist fix und fertig. Hättest du doch den Schnabel gehalten!

Deine Qual wird noch größer, als du siehst, dass Maxi strahlt. Er kann zwar nicht gehört haben, was der Trainer und du besprochen habt, aber die ganze Szene war doch ziemlich eindeutig.

Lies weiter auf Seite 118

Eigentlich ist das ja nicht deine Art, doch heute bist du irgendwie ganz anders drauf: Dein Gegner hat vielleicht einen Meter Vorsprung, als du die Sense auspackst – was für eine fiese Grätsche! Mit dem rechten Fuß triffst du ihn am Knöchel. Der Star schreit auf und fällt. Jetzt ziehst du das linke Bein nach und erwischst ihn auch noch am Knie.

Der Typ kracht auf den Rasen und krümmt sich vor Schmerzen. Er hält sich sein Knie, das seltsam verdreht ist, und wirft dir hasserfüllte Blicke zu.

Da beschleicht dich ein ganz mulmiges Gefühl …

Sofort stürzen alle herbei, um ihm zu helfen – auch der Bundestrainer und der Mannschaftsarzt.

»Verdammt, was soll das? Bist du verrückt?«, raunzt Schmidt dich an. Auch die anderen Spieler wirken entsetzt.

Der Star hat Tränen in den Augen, als der Doc ihn untersucht. Als der Arzt auf eine bestimmte Stelle an seinem Knie drückt, schreit er auf.

Besorgt schüttelt der Doc mit dem Kopf. »Das sieht gar nicht gut aus«, sagt er. »Er muss sofort ins Krankenhaus.«

Auf einer Trage wird dein Opfer vom Platz gebracht.

Nun schauen alle zu dir.

»Was hast du dir dabei gedacht?«, fragt der Trainer dich.

Du schweigst, siehst zu Boden.

Am Abend bittet der Bundestrainer dich in einen riesigen Konferenzraum des Hotels. Ihr seid nur zu zweit und du kommst dir verdammt verloren vor. Dann die Schockdiagnose: Dein Mitspieler hat durch dein Foul eine schwere Knieverletzung erlitten.

»Für ihn ist die WM leider gelaufen«, sagt der Bundestrainer leise. »Aber für dich auch. Denn ich kann niemanden gebrauchen, der die Gesundheit seiner Teamkameraden derart rücksichtlos gefährdet.«

Was? Du bist raus aus dem Team? Nein, bitte nicht!

»Ich ... wollte ihn doch nur vom Ball trennen«, stammelst du, obwohl du weißt, dass das nicht stimmt.

Aber das nimmt der Trainer dir nicht ab. »Nein, Tom. Ich habe die Szene genau beobachtet. Du hattest doch gar keine Chance mehr, den Ball zu erreichen. Du hattest nur deinen Gegner im Visier. Du warst völlig übermotiviert. Vielleicht, weil du dich revanchieren wolltest für seine teils etwas harte Gangart.«

»Ja, genau!«, bricht es aus dir heraus. »Der hat mich doch die ganze Zeit gefoult, bei jedem Zweikampf!«

»Zweikämpfe gehören dazu, das eine oder andere Foul auch. Wir sind hier schließlich nicht beim Wattepusten. Aber es muss alles im Rahmen bleiben. Du kannst doch nicht einen anderen Spieler ins Krankenhaus treten.«

Du versuchst zu retten, was zu retten ist. Redest, argumentierst, bittest, bettelst, flehst.

Doch es nützt alles nichts. Der Trainer streicht dich aus dem Kader.

Du kannst nach Hause fahren. Vorbei ist der Traum von der WM-Teilnahme.

ENDE

Da bimmelt dein Handy. Es ist mal wieder jemand von der Presse, und zwar ein TV-Reporter namens Wennemann. Du kennst ihn, denn Wennemann hat schon mehrfach über dich berichtet. Er ist ganz okay, findest du, weil er sich an die Fakten hält.

»Hi, Tom«, begrüßt er dich. »Ich habe da was läuten hören ...«

»So, was denn?«, fragst du vorsichtig.

»Der Bundestrainer hat dich fürs Trainingslager nominiert, oder?«

Du bist völlig überrascht. Unglaublich, dass sich das so schnell herumgesprochen hat. Die Entscheidung des Coaches ist doch noch gar nicht offiziell. Wer hat Wennemann diese Info gesteckt?

»He, Tom, bist du noch dran?«

»Ja, klar«, antwortest du.

»Stimmt's oder habe ich recht?«, fragt der TV-Reporter und lacht. »Du bist dabei, richtig?«

Du kannst ja schlecht Nein sagen. »Okay, das stimmt. Aber wir sollten abwarten, bis der Trainer das offiziell auf der Pressekonferenz verkündet.«

Wieder lacht Wennemann. »Nee, das ist keine gute Idee. Denn dann weiß es ja auch die Konkurrenz. Ich will vorab exklusiv eine Story mit dir!«

»Lieber nicht«, sagst du schnell.

»Schade, dann mache ich die Story eben mit Maxi Heidenreich. Der ist ja auch ein Neuling beim Bundestrainer.«

Verdammt, woher weiß der das alles?, durchfährt es dich. Und dann auch noch ausgerechnet Heidenreich. Der wird sich in dem TV-Bericht bestimmt total aufplustern ...

Wenn du grünes Licht für den Bericht gibst, lies weiter auf Seite 64

Wenn du das lieber lässt, lies weiter auf Seite 39

Wow, ihr habt die nächste Runde erreicht. Du bist total happy und telefonierst mit deinen Eltern und Freunden. Sie alle gratulieren dir und du schwebst auf einer Wolke des Glücks.

Die nächsten Tage habt ihr spielfrei, aber natürlich trainiert ihr regelmäßig. Zwei Spieler, die im Achtelfinale leichte Verletzungen erlitten haben, werden gezielt behandelt, um sie für die nächste Partie wieder fit zu bekommen.

In diesem Viertelfinale wartet ein harter Brocken. Spanien ist technisch äußerst versiert und torgefährlich. Die Offensive ist Weltklasse, aber in der Defensive gibt es mitunter Probleme.

Das wird ein heißer Tanz. Euer Coach brütet immer wieder über Aufzeichnungen der letzten Spiele eures Gegners und lauscht den Berichten seiner Spione. Er saugt alles auf, was er über den Gegner in Erfahrung bringen kann. Akribisch tüftelt er an der Aufstellung und der Taktik.

Du hoffst natürlich, dass du wieder von Anfang an spielen darfst. Da euer Gegner in der Abwehr nicht allzu sattelfest ist, könnte dich der Trainer doch diesmal auch offensiver spielen lassen, oder?

Genau das besprichst du mit Yannick abends beim gemeinsamen Essen. Auch Maxi Heidenreich sitzt mit euch am Tisch der Nachwuchsspieler.

Yannick meint: »Vielleicht ist es auch genau umgekehrt, Tom. Unser Gegner ist in der Offensive ja sehr stark, also müssen wir sie früh stören, damit sie ihr Angriffsspiel erst gar nicht aufziehen können. Das könnte bedeuten, dass der Coach uns im Mittelfeld defensiv aufstellt – zum Beispiel mit zwei Sechsern. Und einer der beiden bist du …«

»Was zerbrecht ihr euch den Kopf?«, funkt Heidenreich dazwischen. »Der Trainer weiß schon, was er tut. Und hör auf, ständig einen Stammplatz zu fordern oder dich in den Vordergrund zu spielen, Tom. Das nervt total – und übrigens nicht nur mich, sondern mindestens die halbe Mannschaft. Typen wie dich braucht man echt nicht im Team ...«

»Hat jemand die Null gewählt, oder warum meldest du dich?«, fragst du spöttisch.

Maxis Mund klappt auf. Er lässt die Gabel fallen und schiebt den Stuhl zurück.

»Du nennst mich eine Null?«, fragt er. Eine unüberhörbare Drohung klingt in seiner Stimme mit.

»Klar, was sein muss, muss sein«, erwiderst du locker vom Hocker und schenkst ihm ein besonders charmantes Lächeln.

Jetzt steht Maxi auf und streckt das Kinn angriffslustig vor. Er hat die Fäuste geballt – und wirkt in diesem Moment auf dich wie ein Büffel im Angriffsmodus.

Da greift Yannick ein. »Du bist doch auch fertig mit Essen, oder?«, fragt er dich und zieht dich, ohne eine Antwort abzuwarten, aus der Gefahrenzone.

»Schalt mal einen Gang zurück«, sagt er lachend zu dir. »Stell dir vor, es hätte eine Prügelei gegeben. Das hätte auch für dich eine Menge Ärger bedeutet.«

Da kommt euch der Ersatzkeeper Olli entgegen. »Na, Jungs – wie wär's heute Abend mit einem kleinen Abstecher ins Nachtleben, um mal auf andere Gedanken zu kommen?«

Yannick winkt ab. »Das ist nichts für mich, ich gehe lieber früh schlafen.«

Der Ersatzkeeper sieht ihn von oben herab an. Ganz offensichtlich hält er Yannick für einen Streber. »Und was ist mit dir, Tom? Du bist doch bestimmt dabei, oder?«, fragt er dich herausfordernd.

Wenn du mitmachst, lies weiter auf Seite 108

Wenn du nicht mitgehst, lies weiter auf Seite 89

Wie vom Blitz getroffen brichst du zusammen. Dein Gegner beugt sich wütend über dich und verlangt, dass du mit diesem Theater aufhörst.

Und du? Du legst nach und hältst dir die Hände vors Gesicht, als hätte Vitali Klitschko dir eine verpasst.

Sofort gibt es eine Rudelbildung. Der Schiedsrichter geht dazwischen. Nach einer Minute gelingt es ihm, die Gemüter zu beruhigen. Dann greift er in die Tasche und ... zeigt deinem Gegner die Rote Karte!

Der kann es nicht fassen, er versteht die Welt nicht mehr. Er und seine Kollegen reden auf den Schiri ein, doch das bringt natürlich nichts mehr: Der Spieler muss runter!

Dank einer Art Wunder bist du ganz schnell wieder auf den Beinen.

Die gegnerischen Spieler beschimpfen dich, aber du lässt dich nicht provozieren.

Deine kleine Schauspieleinlage war zwar nicht fair, hat aber den Gegner geschwächt. Und in diesem Achtelfinale müsst ihr irgendwie weiterkommen, da gilt es keinen Fairnesspreis zu gewinnen.

Lies weiter auf Seite 90

Der Keeper springt dir entgegen, um den Winkel zu verkürzen. Genau im richtigen Moment spielst du die Kugel in den Lauf eures Stürmers, der eigentlich keine Mühe haben sollte, das leere Tor zu treffen. Hat er aber. Denn er schafft es, die Kugel an den Pfosten zu setzen. Unfassbar!

Von dort droht der Ball ins Aus zu rollen. Aber du bist ja auch noch da. Im Vollsprint erwischst du die Kugel, kurz bevor sie die Linie überschreitet, und kannst sie noch einmal zurücklegen.

Und diesmal schafft es dein Kollege, den Ball im Tor unterzubringen!

Was für ein Glück, was für eine Erleichterung (vor allem bei eurem Stürmer) und was für ein Einsatz, was für eine geniale Vorbereitung von dir!

Niemanden hält es mehr auf den Sitzen. Trainer, Betreuer und Auswechselspieler stürmen auf den Rasen. Alle gratulieren dem Torschützen und natürlich auch dir. Yannick ist darunter, aber auch Maxi.

Eure Fans brüllen sich vor Freunde die Seele aus dem Leib.

Der Schiedsrichter hat einige Mühe, den Jubel zu unterbinden. Denn noch ist ja nicht Schluss.

Die inzwischen heisere Stimme des Trainers ist zu hören: »Passt auf, werdet nicht leichtsinnig, haut jeden Ball weg!«

Ihr verteidigt mit Mann und Maus die denkbar knappe Führung.

Dann folgt der Abpfiff, Deutschland ist wieder Weltmeister!

Und du, du bist es zum ersten Mal!

ENDE

Teamgeist und Tore!

Andreas Schlüter / Irene Margil
Fußball und sonst gar nichts!
208 Seiten
Taschenbuch
ISBN 978-3-551-35924-7

Niklas spielt begeistert Fußball in der D-Jugendmannschaft. Aber wenn es wirklich um etwas geht, dann sitzt er meist nur auf der Ersatzbank. Dabei würde er so gerne mal helfen, ein wichtiges Spiel zu gewinnen. Raufuß, ein Gummi-Gecko, den er immer mit sich trägt, soll ihm das nötige Glück bringen. Geckoflink würde Niklas dann durch die gegnerische Abwehr dribbeln. Und so wie ein Gecko an der Wand klebt, würde ihm der Ball an den Füßen haften – bis er ihn im gegnerischen Tor versenkt hat.

www.carlsen.de

CARLSEN

Ein teuflischer Pakt

Marco Sonnleitner
Die drei ???: Fußball-Teufel
144 Seiten
Taschenbuch
ISBN 978-3-551-31447-5

Lenni ist ein begnadeter Nachwuchs-Fußballspieler. Sein Talent erinnert an das des legendären John Greyfox. Doch der Junge scheint vom Pech verfolgt zu sein – sogar seine Karriere könnte auf dem Spiel stehen. Die drei ??? versuchen ihm aus der Patsche zu helfen, aber auch sie können sich auf die rätselhaften Ereignisse keinen Reim machen. Was führt der seltsame, schwarz gekleidete Mann mit dem Pferdefuß im Schilde, der sie verfolgt? Angeblich ging John Greyfox seinerzeit einen Pakt mit dem Teufel ein ...

www.carlsen.de

CARLSEN

Auf dem besten Fußball-platz Ostafrikas

Hermann Schulz
Mandela und Nelson
128 Seiten
Taschenbuch
ISBN 978-3-551-31227-3

Mein lieber Herr Gesangsverein! Kaiser Franz würde sich die spärlichen Haare raufen: ein staubiger Fußballplatz, über den grasende Kühe latschen. Ein planloser Trainer und ein Stürmer, der mitten im Angriff pinkeln geht. Wie soll man so ein Länderspiel gewinnen? Und das gegen die Favoriten aus dem fernen Germany! Nelson, der Kapitän der afrikanischen Truppe, ist sonst eher ein ruhiger Typ. Doch jetzt platzt ihm der Kragen. Zum Glück hat seine Schwester Mandela mehr auf dem Kasten als mancher Bayern-Spieler. Na ja, fast.

CARLSEN

www.carlsen.de